editora Urutau

rua do cajú, 478,
jardim das cerejeiras
06724-015
cotia-sp (brasil)

rua manuel pacheco nobre, 128 - 5º esquerdo
2830-080
barreiro (setúbal)
portugal

[+351] 928053619 [portugal]
[+55] 11 948592426 [brasil]

www.editoraurutau.com.br
contato@editoraurutau.com.br

[EDITORES]
tiago fabris rendelli & wladimir vaz
[COORDENAÇÃO DE REVISÃO]
debora ribeiro rendelli
[REVISÃO]
juliana palermo
[DIAGRAMAÇÃO]
victor h. azevedo
[CAPA]
victor h. azevedo, sobre fotografia de insung yoon

dados internacionais de catalogação na publicação (CIP) de acordo com ISBD

oliveira, carlos eduardo de
O48l as lâminas permeáveis / carlos eduardo de oliveira. - cotia : urutau, 2022. 152 p. ; 13 cm x 19cm.

ISBN: 978-65-5900-339-6

1. literatura brasileira. 2. prosa. I. título.

CDD 869.985
2022-2572 CDU 869.0(81)

elaborado por vagner rodolfo da silva - CRB-8/9410

AS LÂMINAS PERMEÁVEIS

CARLOS EDUARDO DE OLIVEIRA

[primeira edição]
URUTAU
agosto de 2022

as lâminas permeáveis

[prefácio]

A lâmina, a pele, a ficção: a permeável realidade

Um livro aberto, uma folha de rosto, a caneta hesitante, à mesa o café que jaz intocado a esfriar; acima um toldo, e a chuva, torrencial, que banha todo o calçamento. Na página em branco, um nome manuscrito. Segue-se à cena um corte abrupto, e, na vertigem, somos conduzidos à casa do protagonista que, ao som da vitrola que geme a um canto, prepara-se para uma viagem, talvez a viagem de sua vida, de encontro quiçá com a visão cabal e reveladora de si mesmo à maneira das catábases. Nada mais comezinho e, no entanto, mais quintessencial. Ora, as pequenas coisas são meros invólucros que, permeáveis, encerram em si mesmas o sublime: a história toda, ou quase, compreende meramente o trajeto da casa do protagonista, em São Paulo, até o aeroporto.

É justamente nesse itinerário pelas veias abertas da cidade, e subterrâneas amiúde (ou *subcutâneas*, se se quiser assim), ao som das canções que lhe emolduram a narrativa, que o camiseiro, criado em meio às agulhas do pai alfaiate, cose os retalhos da memória e da reminiscência, inscrevendo nesse tecido delicado — passado rememorado, passado fingido e fugaz — a ciranda de três mulheres: Flora, espécie de guia, que lhe molda a juventude e lhe disciplina o gosto, numa genuína Bildung intransitiva; Charlotte, que nutre o espírito e o desejo do "camiseiro-autor"; e Lucília, que, fulgurante, lhe entorpece a razão e os sentidos, e transborda, sempre misteriosa e sensual, de página em página, de lâmina em lâmina.

A prosa fragmentária de Carlos Eduardo, com efeito, faz mimetizar as sendas (*des*)contínuas da memória, mesclando reminiscência e sonho, bem como o próprio inconsciente, que aflora amiúde: entronizados, como matéria mesma da narrativa, sonho e memória, lembrança e reminiscência passam a equivaler, pois, aos retalhos — e matéria-prima, diga-se de passagem — da própria ficção. Consciente disso, o protagonista, à guisa dos antigos mitos, busca, por meio da narrativa, organizar a própria experiência com Lucília. Contemplamos, ao longo das páginas, a obsessiva dedicação com que tenta decifrá-la: ela que nos é apresentada como verdadeira esfinge, significante cujo sentido lhe escapa a todo momento no impossível catar dos pingos da chuva na calçada, pois sempre diversa, efêmera e vária.

Temos a impressão muita vez de, na leitura, estarmos imersos numa espécie de Nouvelle Vague paulistana que o autor — ao mesmo tempo vago e cirúrgico na captação das cenas — elabora em forma de bricolagem dos cacos do passado e cuja chuva copiosa, de início, bem sintetiza. Sua prosa, todavia, evita o psicologismo e cacoetes de hermetismo, envereda-se, ao contrário, pela trilha segura da simplicidade e do ritmo elegante que empreende ao andamento do texto. Os diálogos, ademais, entre as personagens, sempre bem elaborados, apontam para a profundidade psicológica das personae — ou da própria persona no caso, da máscara, afinal, do camiseiro que nelas se projeta e tudo abrange. Também não deixam de ser bem-humorados, quase sempre deixando entrever derrisão e autoironia; além disso, divertem pelo inesperado de seus desfechos de modo quase aforístico e epigramático, e a agilidade dos diálogos tem o sabor da anedota, característica esta que os aproxima da crônica. Carlos Eduardo de Oliveira transforma, enfim, os espaços percorridos da cidade em "lugares de memória" que, ao lado das canções, verdadeira sinestesia, estimulam as reminiscências e a verve do camiseiro, como se São Paulo convertesse-se toda numa gigantesca madaleine.

Alexandre Agnolon

Professor de Estudos Clássicos do Instituto de Ciências Humanas e Sociais da Universidade Federal de Ouro Preto.

Os agradecimentos são especiais e
insuficientes a José Wildzeiss,
Alexandre Agnolon, Aline Araújo e
Maiara Gouveia pela atenciosa leitura
avant les lettres.

Este livro é dedicado à Fabiana de Lima Oliveira,
desde mesmo antes.
Aos filhos Téo, Caio e Davi, que
sobressaltam minha invenção.
E à memória de Sérgio Luiz de Oliveira,
a quem eu observava escrever poemas.

Le città come i sogni sono costruite di desideri e di paure, anche se il filo del loro discorso è segreto, le loro regole assurde, le prospettive ingannevoli, e ogni cosa ne nasconde un'altra.

ITALO CALVINO
"Le città invisibili"

Eu te vejo sumir por aí
Te avisei que a cidade era um vão
Dá tua mão, olha pra mim

CHICO BUARQUE
"As vitrines"

[●]

Escrevia envolto na capa da noite, sob um toldo que pouco me protegia do temporal sobre a cidade. A chuva mais sujava que lavava a calçada, acumulando uma variedade de detritos na enxurrada que corria o meio-fio. No que invadia o bar, o vento parecia decidido a volver reminiscências e tudo o mais que, de algum modo, já existia no futuro. No testemunho dos eventos, era outra vez a tempestade.

Alheio ao rumor das ruas, nos fones de ouvido o som era então o silêncio em movimento; a valsa imaginária soprando em minha mente seus compassos residuais. Face ao real, a ficção se transforma. A cidade parecia resguardar assim o rol de acontecimentos que acabaram por me projetar naquele ponto tão deslocado da rota planejada. Ali de onde eu, sem ter conhecimento das horas seguintes, antecipava a manobra que converteria o último destino a um posfácio secundário e divergente.

Sob o toldo, eu tomava o café enquanto mirava o livro e equilibrava palavras no alto da folha de rosto. E quando no percurso sem pauta da linha cessava o manuscrito das sentenças, eu levantava os olhos do papel para observar as pessoas que ainda circulavam àquelas horas, caminhando apressadas sob capas e guarda-chuvas, cada qual tentando salvar a própria pele na noite de intempéries. Entre os goles da bebida fria, eu reparava que os que transitavam pela ruela contígua nem se esforçavam em me ver. Arriscaria que nenhum dos passantes sequer percebia que eu estava sob o toldo, sentado à mesa junto à parede, segurando a caneta provisoriamente imóvel, à espera das poucas palavras que de forma quase imperiosa pudessem concluir aquela narrativa. E ainda que me percebessem ali, e se, além da caneta paralisada, chegassem a reparar o livro aberto, não conseguiriam ler no início da página o nome a reclamar a hierarquia de todas as demais palavras escritas. Lucília.

A cada relâmpago, sua imagem se revelava um holograma instantâneo diante do pensamento, e os trovões estrondavam o gatilho que alavancava cada pequeno bloco de código escrito. As lembranças se sucediam em ondas, sempre a cargo de ressignificar os registros. No tempo de um raio, eu visitava novamente o friso dos cabelos, o mistério do sorriso, o viço da pele escura. E já não era a vez das frases provisórias, dos riscos, das rasuras, da busca de nuances, da latência das palavras; o depurar obsessivo e transformador.

A realidade dorme nua. E, mesmo quando despida dos uniformes cotidianos, ainda se presta a adornos e afins para os momentos de sonho e ficção. Colares e brincos, pulseiras e anéis, óleos e perfumes cuidadosamente dispostos sobre a crua matéria corpórea. Porque o real carece de ser enredado em uma fina trama de imaginações capaz de sustentá-lo dia após dia, noite após noite.

[◉]

Só pela manhã fui perceber que o pó de café havia acabado. A água fervia no bule. Tive que improvisar uma xícara de chá de saquinho para acompanhar o pão amanhecido, amarrotado no esforço de espalhar a manteiga congelada, o que deu início à instabilidade dos últimos momentos em casa antes de ir para o aeroporto. Não me lembrar do que havia sonhado foi providencial naquele começo de dia, já que pude economizar meia hora de notas e prospecções. Mala e mochila aguardavam arrumadas desde a véspera. Bastava comer algo e colocar um disco na vitrola. Acho que foi isso. Uma escolha inadequada para aquela manhã em que precisava me dirigir com objetividade ao aeroporto. A reminiscência muito vaga do grupo musical dos pais de Flora ensaiando uma versão de "Criaturas da noite" me levou a colocar o LP inteiro da banda O Terço para tocar.

Desde pequeno me acostumei a ter quase sempre uma música qualquer no ambiente. No início, eram os LPs de meus pais, alguns ainda de 78 rotações. Logo surgiu a possibilidade de gravar em fitas K7 as canções dos LPs, e mesmo as transmissões de rádio. Um pouco depois vieram os walkmans. A essa altura, os LPs passaram a ser os presentes exigidos nos aniversários. Nos anos 90, os CDs e a promessa edênica de um som cristalino. Depois o formato MP3, as cópias clandestinas. Até o streaming oferecer acesso a todas as músicas de todos os tempos e de todos os lugares. A verdade é que, no passar das décadas, nunca me desfiz de meus objetos sonoros. Táteis ou virtuais, não foram superados. Se nas plataformas digitais passei a colecionar playlists, em minha casa fui acumulando por anos a fio HDs, LPs, CDs, K7s e pendrives, fiéis depositários de canções e mais canções irradiadas continuamente através de caixas acústicas e fones de ouvido. Década após década, a atmosfera das trilhas sonoras acabou por orientar muitos dos meus dias, a ponto de a escolha das músicas ser de grande valia, influenciando os eventos destinados às datas do calendário.

O chá com pão ganhou um sabor nostálgico, embarcado naquelas músicas há muito não ouvidas, muito embora "1974", última faixa do lado B, se alinhasse mais a um café da manhã despreocupado, uma vez que parecia mover o tempo para além dos seus doze minutos de duração, à medida que me retinha hipnoticamente nas paisagens e nos episódios dos anos de adolescência.

O dia amanhece nublado, mas o sol aparece em São Paulo. Confiante na previsão do tempo, deixei o sobrado como se fosse um dia qualquer de trabalho, a despeito da mala cujas rodinhas eu muito atrapalhadamente arrastava pelo largo de Pinheiros, em uma pressa que só fazia contribuir para o atraso. Aflição semelhante fez com que eu simplesmente acionasse o play no aplicativo do celular para dar continuidade à música interrompida na noite anterior. Outro equívoco. Mesmo ciente de que "Ideia fixa", de Itamar Assumpção, acarretaria um literal erro de percurso, não consegui me desvencilhar da canção. O andamento da música em determinadas partes passou a agir como um freio sinestésico regendo o ritmo dos passos, como se algum vestígio ali cifrado fosse importante para a jornada que tomava início. Na mochila, livro e cadernos de anotações colidiam suas capas, fronteiras e arestas, sacolejando intermitentes na caminhada até a estação.

Na década de 70, eu não seria capaz de imaginar que o metrô fosse chegar a esses lados da cidade. Na era dos governadores e prefeitos biônicos, designados sem o voto popular, Pinheiros era um destino relativamente longe do centro da cidade em uma época em que os bairros de São Paulo se articulavam como satélites distantes. Não era incomum encontrar uma rua de terra a poucas quadras da Cardeal Arcoverde. Eu passava quase todos os dias na redondeza expandida, percorrendo as dezenas de quarteirões que iam da marginal Pinheiros até a avenida Doutor Arnaldo. Hoje, em coisa de dez minutos, o metrô cobre toda a extensão dos meus antigos domínios.

Quando eu era moleque, o largo de Pinheiros e o largo da Batata não se confundiam. O terminal de ônibus do largo da Batata indicava o final da avenida Faria Lima, que acabava em uma rotatória próxima às ruas Cardeal Arcoverde e Teodoro Sampaio, a poucos metros da Cooperativa Agrícola de Cotia, precursora dos sacolões que tomariam a cidade alguns anos depois. A Cooperativa dispunha de um galpão através do qual eu segui minha avó Joana inúmeras vezes em busca de legumes, frutas e verduras, e onde, numa camada de tempo ainda mais afastada, os produtores de batata, japoneses e seus descendentes, vendiam parte da colheita diretamente ao consumidor, motivando o nome do local e conferindo ao bairro um ar oriental cujos resquícios podem ser resgatados ainda hoje em pequenos comércios e em alguns restaurantes.

Na direção do largo da Batata, algumas ruas atrás da Cooperativa, ficava a alfaiataria de meu pai, seu Isidro. Era um lugar onde eu não costumava ficar por muito tempo quando criança. Algumas vezes, dava uma entrada rápida com minha mãe, quando ela precisava comprar algo na Cunha Gago e resolvia aproveitar a proximidade para adiantar algum assunto com o velho. Em outras ocasiões, eu ia com ele, num sábado ou domingo, buscar algum pertence esquecido. Era interessante o contraste do ambiente silencioso dos finais de semana com a alfaiataria embalada pela máquina de costura que dava ritmo aos dias úteis. Nos dias de descanso, os cortes de tecido sobre as mesas já se distinguiam das sobras, mas ainda aguardavam a mão hábil do meu pai para que o aspecto de rascunho fosse transvertido em impecáveis calças, camisas e paletós. Por toda parte, moldes, gizes, alfinetes, fitas métricas. E o cheiro metalizado das tesouras, dos dedais e do antigo ferro de passar.

Era quase um mistério o feitio mecânico e matemático de todas aquelas peças de vestuário.

Bem próximo ao largo de Pinheiros, a poucos quarteirões da minha casa, ficava a escola estadual onde eu cursava o primeiro grau e onde uma das professoras do pré-primário era dona Lina, minha mãe. Única professora negra da escola, não raro era confundida com as faxineiras, negras que nunca eram confundidas com as professoras. Eu estudava no período da manhã, e minha mãe dava aula no período da tarde. Nos dias em que minha avó não podia ficar comigo depois da aula, eu precisava esperar na escola o horário de saída da minha mãe. Nessas ocasiões, a biblioteca era o refúgio. Lá eu aproveitava o tempo para fazer a tarefa de casa e para ler e reler os livros que me chamavam a atenção. Na biblioteca, descobri que as tarefas escolares, por mais objetivas que se pretendiam, também poderiam ser paramentadas com o imaginário das palavras. Com esses jogos de invenção, acabei por me tornar um aluno um pouco acima da média, mesmo nas matérias em que eu sabia estar aquém do esperado. Já era a ficção.

Na vizinhança da escola de primeiro grau, pequenos quarteirões comerciais com ruazinhas estreitas levavam ao largo de Pinheiros, este situado junto à igreja de Monte Serrat, do lado oposto ao largo da Batata, onde ficava a outra ala do terminal de ônibus. Nas noites de domingo, meu pai costumava me levar para dar umas voltas por ali e quase sempre parava para conversar com o seu Quincas, pipoqueiro que estacionava o carrinho diante da igreja para aproveitar o movimento da missa. Eu ia animado, sabia que iria ganhar do seu Quincas meio saquinho de pipoca doce, como acontecia em todas as ocasiões. Os dois ficavam então conversando sobre a vida enquanto eu me entretinha olhando o entra e sai da igreja, os pombos em sua coreografia helicoidal buscando migalhas pelo chão, e as saídas dos trólebus da linha 775T, que percorriam uns tantos bairros até alcançar a distante Vila Mariana.

Lembro que, algumas vezes, quando já cansado de observar o mecanismo do mundo terreno, eu buscava a vastidão do céu, e meu olhar era capturado pela imagem de uma lua crescente muito delicada, que pendia acima da torre da igreja, compondo uma misteriosa pintura na minha memória afetiva do largo de Pinheiros. Outras vezes, era a lua cheia, enorme e de um laranja intenso, que imobilizava meu olhar, mas nessas noites eu tinha que voltar os olhos para o outro lado, e a pintura afetiva que assim se conformava era do largo da Batata.

Imerso em pensamentos desconexos e me deslocando em movimentos quase involuntários, só me reconectei ao entorno quando já estava na ciclovia central da Faria Lima. O costume de atravessar a pé o mesmo cruzamento todos os dias me conduziu em vão àquela zona de espera, uma vez que era necessário apenas alcançar a estação de metrô, acessível de qualquer um dos lados da avenida. Era preciso aguardar o semáforo, e a possibilidade de perder o voo me preocupava. De um modo ou de outro, acabaria viajando, mas não queria gastar mais tempo e mais dinheiro, ambos escassos em meu planejamento.

O tempo parece se alongar para quem espera. Assim que a música cessou nos fones, a paisagem sonora do largo da Batata emergiu em meus ouvidos. Entre ruídos de carros, ônibus e motocicletas, um som quase sinfônico de turbinas de avião alçou meu olhar do asfalto para as nuvens. No céu da manhã, um Boeing já em manobra de pouso parecia decidido a aterrissar em pleno asfalto para que eu o abordasse. Mas não. Além de atrasado, eu estava enganado. Afinal a aeronave se dirigia ao aeroporto de Congonhas, distante uns dez quilômetros dali, enquanto que o meu voo partiria de Cumbica, do outro lado da cidade, a mais de trinta quilômetros. Excluindo os aviões, os trens pareciam ser naquele momento os únicos veículos que não estavam condenados à imobilidade urbana. Por isso era vital que eu chegasse à estação do metrô e seguisse os trilhos das linhas Amarela e Vermelha, na gradação de cores que iria corresponder, no decorrer do percurso, ao agravo do atraso.

O avião sobrevoou a avenida e seguiu seu curso, ignorando minha presença entre os largos da Batata e de Pinheiros. O farol de pedestres finalmente autorizou a minha travessia em direção à outra entrada da estação Faria Lima, que poderia se chamar igualmente estação Largo da Batata ou estação Largo de Pinheiros, uma vez que possui acessos nas duas direções.

Entro na estação e consigo, de algum modo, somar meu corpo à multidão que vai sendo conduzida ao interior da Terra. Hoje tanto faz, mas, quando eu era moleque, o largo de Pinheiros e o largo da Batata não se confundiam.

[O]

Antes mesmo de o comércio abrir as portas, eu já procurava por ela feito um inseto social, desnorteado pelos dutos do formigueiro da estação da Luz. Logo percebi que havia escolhido o pior ponto de encontro possível na estação imensa e confusa, onde por vários minutos vasculhamos os locais errados, cada qual procurando o outro onde não estava e nem estaria. Não obstante, assim que o acaso nos confrontou, percebi sua raiva se transfigurando em alívio, e talvez o sorriso tenha obstruído a tempo uma palavra obscena.

— Não tinha um lugar mais fácil?

— Não lembrava que essa estação tinha mais de um acesso. Foi mal...

O desencontro, ainda que provisório, se fez notar quase como um gracejo na primeira manhã daquela amizade. Passado o embaraço, estávamos reunidos no inusitado do passeio que, entre ida e volta, se alongaria por algumas horas sobre os quilômetros de trilhos que, no afastado da cidade, ainda perseguiriam o curso dos rios Pinheiros e Jurubatuba.

Mesmo sendo um sábado, os vagões estavam cheios. Lucília parecia um pouco diferente da noite anterior. Mais calada, talvez, mas não mais introspectiva. Era uma questão de economia de frases e gestos. No que falava era, entretanto, precisa. Reconduzia minhas observações com um viés magnético que me fazia revelar informações a respeito de mim, mesmo quando era eu a indagar algo sobre ela.

Flora surgiu como assunto. Lucília ficou impressionada com o fato de minha amizade com Flora remontar aos anos 80, precedendo sua própria existência. Explicou que foram colegas de trabalho durante um período relativamente curto em uma companhia de turismo e que, desde então, a turma do escritório se reunia vez ou outra em happy hours aleatórios. Contudo, não eram amigas.

Em cerca de vinte minutos, cumprimos o trecho da linha Amarela do metrô. Eu tentava não parecer perdido dentro da estação Pinheiros, enquanto fazia a leitura silenciosa das placas que indicavam a direção da conexão para a linha Esmeralda, cujos trens suburbanos nos levariam da zona oeste até o Grajaú, na zona sul. Durante o trajeto cheguei a me questionar mentalmente a troco de quê eu estava ali dentro do trem, a quilômetros da minha casa, carregando aquele grill embalado de modo desajeitado, acompanhando uma estranha que, sem muito esforço, conseguia extrair de mim depoimentos imprevistos. De si, pontuava dados isolados. O ingresso que precisava comprar para um show que iria ocorrer dali a duas semanas; um piquenique de aniversário que havia organizado para aquela mesma tarde — para o qual não fez menção de me convidar —; um livro cujo arquivo PDF imprimiu a partir da internet. Muitas das frases flutuavam soltas como em um jornal diagramado apenas com manchetes sobre o fundo branco do papel, sem a narrativa dos acontecimentos. Outras avançavam mais.

Ficou feliz por alguém necessitar de um grill elétrico seminovo. Havia ganhado de presente cerca de um ano antes e jamais cogitara usá-lo. Concluiu que sua alimentação prescindia do utensílio e que os poucos reais obtidos com a venda poderiam proporcionar benefícios maiores. Eu também estava especialmente feliz por alguém do Grajaú ter se interessado pelo grill, cedendo o passe para que fosse eu o companheiro acidental na expedição da mercadoria.

Não comentou nada, mas, chegando ao local definido para a entrega do objeto, de cara percebeu que até mesmo vendada conseguiria ir até ali sozinha e concluir o negócio sem ajuda de quem quer que fosse. Pelas ruas quase desertas do sábado, a cenografia da cidade nos testemunhou calados. O sol ainda arriscava alguns matizes entre as nuvens pesadas quando o vento entoou um sibilo grave através dos galhos das árvores. E só para nós a chuva foi uma surpresa no retorno à estação, para onde movemos os passos acelerados e incertos de quem tenta manter a pose ao mesmo tempo em que precisa correr em disparada.

Até a noite anterior, Lucília era um nome não evocado. Uma fisionomia que nunca antes havia se conformado. No entanto, já dentro do trem, sua figura acenava como déjà vu de um vulto hospedado há tempos em meu imaginário. Sua novidade foi um sobressalto, mas não propriamente uma surpresa.

Na volta, em meio à estagnação da conversa e às oscilações próprias ao meio de transporte, houve um momento em que o trem sacudiu de modo um pouco mais assincopado, fazendo meu corpo tombar levemente contra o dela. Como se observasse uma norma de segurança, ela me abraçou, e eu permaneci ali acomodado, contemplando quieto o suceder intercalado das vizinhanças e suas estações. Durante esse tempo, permaneceu também quieta. Foram instantes em que procurei distinguir seu perfume de seu cheiro, seu silêncio de algum eventual mistério. Entre as mechas de cabelo mais próximas à orelha, pude avistar indícios de um tom castanho escuro, feito a carapaça de um besouro. Lucília voltou seu olhar para mim, e seus olhos passaram a observar atentos os meus, como se estes fossem duas pequenas telas em que as cenas das minhas próximas ações seriam antecipadas.

Em pé, dentro do vagão do trem, observávamos pelo vidro da porta as cenas da vida periférica em fuga diante de nossos olhos. A paisagem parecia se repetir em todas as direções. Os lugares eram ecos de miragens se propagando sem fim em volta de nós dois. A visão sequencial de sobrados permanentemente em construção justapostos a sobrados permanentemente em deterioração me remeteu à dança cósmica de Shiva, na qual o deus está sempre a destruir o universo para constantemente regenerá-lo. A chuva conferia um aspecto impressionista ao gigante quebra-cabeça no qual cada elemento era ao mesmo tempo singular e indistinto na paisagem.

— Chove Shiva.

Ela gargalhou, dirigindo os olhos ao cenário suburbano.

— A ilusão se reconstrói.

[℃]

"As cores na natureza espelham a natureza das cores...". Ela dizia essas palavras sentada ao meu lado em um ônibus que margeava a orla de uma praia com um mar muito verde. Além de nós dois, não havia mais passageiros no veículo. O motorista permanecia incógnito em sua cabine de direção. Lucília estava sentada do lado da janela, e eu, sentado do lado do corredor, segurava sua mão esquerda. Com a mão direita, ela apontava para os elementos do panorama que se apresentava à janela do coletivo fantasma.

Eu tentava acompanhar o que ela dizia e seguia olhando pela janela. Era uma praia deserta, sem banhistas. O mar estava calmo, e o murmúrio das ondas se confundia com o ruído do motor do ônibus. Era possível ver o oceano despejar as ondas sobre os passos deixados na areia, como quem revela um segredo no cuidado de guardá-lo. Logo o ônibus penetrou um túnel comprido e estreito, e, ao sair dele, o céu já estava muito escuro e muito estrelado. O mar havia se transformado em uma noite imensa e líquida. Lucília permanecia tranquila, observando. Dali a pouco, o ônibus, feito brinquedo de parque de diversão, trepidou de maneira brusca repetidas vezes, e as estrelas, observadas através da janela, pareciam fazer todas um movimento giratório no firmamento, gerando uma alvorada instantânea em tons alaranjados, que se confundiam com o alaranjado dos cabelos de Lucília pressionados contra o vidro. Ela, surpresa, sorriu. Com espanto, aproximei meus olhos da janela para melhor avistar o que ocorria no exterior do veículo. Eu quis apertar a mão de Lucília, mas sua mão já não havia. Havia o crepitar da agulha no toca-discos; os estalidos em ostinato perpetuando indefinidamente o andamento cinco por quatro do "Take five" de Dave Brubeck. Havia ainda a garoa sobre os paralelepípedos da rua. O tapete. O lustre da sala. Despertei e estava só. Ainda não eram cinco da manhã quando resolvi levantar e preparar o café.

[O]

No começo de tudo, costumava encontrar Lucília nos finais de expediente. Não seria exagero dizer que o sumo de nossa amizade foi extraído das poucas horas diluídas no lapso que opera a transição entre a vida do trabalho e a vida doméstica, período durante o qual os motores dos automóveis rangem na metrópole seu réquiem mecânico em lenta procissão a cada finado dia útil.

Havia, de minha parte, certa ansiedade com relação aos encontros. Desde que a avistei na comemoração do aniversário de Flora, Lucília irradiava algo de intrigante, movendo minha curiosidade no esforço de captar e depreender sinais subliminares que sua presença parecia comunicar. Contudo, falava muito pouco. Suas frases breves não penetravam os temas em profundidade, mas eram eficazes em bulir a superfície dos assuntos para que os enredos viessem à tona. Era seu modo de expor a complexidade das tramas.

Nas datas em que nossos calendários se intersectavam, eu desligava todos os disjuntores assim que o último dos poucos funcionários deixava a camisaria e, depois de trancar as portas e acionar o alarme, seguia para o ponto de encontro. Como morava longe da agência de empregos em que trabalhava, Lucília costumava zanzar uma hora e tanto a mais pelo centro da cidade, de forma que pudesse regressar no transporte público com um pouco mais de conforto e dignidade.

Lembro-me especificamente de um dos primeiros encontros, quando, ao chegar às imediações do local combinado, me esforcei em tentar localizar algum traço na multidão que pudesse corresponder à sua figura. O primeiro elemento distintivo, avistado ainda a uma certa distância, foi o cabelo cúrcuma. Mesmo nesses primeiros dias, eu já notava que a tintura do cabelo parecia assumir uma pequena variação a cada encontro, sempre preservando, contudo, uma singularidade ao mesmo tempo indiscutível e intransferível. O volume ouriçado e cintilante era um farol eficaz, que informava a direção e o sentido dos meus passos até nosso abraço. Conforme me aproximava, a elegância de sua figura crescia em meus olhos, ganhando escala e definição. Pernas, abdômen, braços, busto. Por fim, o rosto. Os olhos, a boca, a voz.

E antes que eu pudesse formular uma explicação que justificasse o atraso de três minutos, ela já tinha mudado de assunto. Uma loja para comprar uma blusa de linho. Um boteco para beber uma batida de abacaxi. Era ir daqui para ali, entrar em uma loja ou outra, ficar em um café até dar a hora. Era ela quem orientava as trilhas pelo Centrão. Com Lucília, tomei conhecimento de uma São Paulo latente, oculta. Não que dispusesse de roteiros prévios e alternativos para explorarmos a cada encontro. Os passeios eram livres como desenhos livres, em que os traços iniciais, na casualidade da sequência, vão motivando o tema a ser representado.

Apesar de Lucília morar na zona leste, a região central parecia ser o seu território por excelência. Por ali ela transitava com desenvoltura, mesmo por ruas onde nunca havia estado, como uma instrumentista a improvisar um solo com segurança e inventividade sobre uma música ouvida pela primeiríssima vez. Talvez fosse isso. Ela conduzia uma valsa inebriante e muda que embalava os meus passos e promovia uma estranha estesia em relação à percepção da cidade. O cenário então parecia se converter na imagem refletida de um espelho turvo, espaço que guardava em si um punhado de horas sem tempo. Os lugares pareciam outros, os endereços se embaralhavam no mapa mental. Com ela, descobri que determinada esquina poderia se converter em uma passagem para outro plano, onde ruas transversais nos apartavam da ebulição urbana, e estabelecimentos obscuros nos acolhiam em asilo.

Como naquela noite em que o largo do Paissandu estava onde sempre estivera, mas a Dom José de Barros parecia ter se conformado em uma via menos deteriorada, ganhando vitalidade extra conforme nosso caminho avançava em direção à Nova Barão. Na galeria, de dentro dos sebos de discos emanavam diferentes músicas que de algum modo se encadeavam e se complementavam, dialogando com nossa conversa na medida em que passávamos diante das lojas, estruturando uma paisagem sonora de casuais coincidências significativas. A gente simplesmente se movia entre a constatação e a surpresa, através da correnteza imaginária que nos conduzia.

Na alameda interna da galeria, se avistava do parapeito o Municipal, e era possível imaginar por detrás do teatro o curso do ribeirão Anhangabaú em uma São Paulo remota. Apesar do imenso emaranhado de asfalto, há quem diga que não é improvável caminhar mais de quinhentos metros na cidade sem alcançar um rio ou um córrego.

— Ali embaixo passa um rio.

— É?

— Anhangabaú sob o vale... Itororó sob a 23 de maio... Saracura sob a 9 de julho...

— Rios viraram ruas.

— Volta e meia, algumas ruas viram rios de novo. Quando chove...

— Na próxima caminhada pela cidade, quero seguir pela margem de algum. Sem chuva.

Transpassadas as camadas do cotidiano, das coisas ditas reais, nossa amizade ganhava seus territórios de déu em déu, ziguezagueando o frágil eixo da realidade, avançando por paisagens insólitas e sedutoras. Passados os encontros, restava a memória para alimentar o fio de ambíguas narrativas. As páginas deste diário. E, onde a memória já não alcançava, me restava a invenção.

[☾]

Lucília me conduzia em direção a uma edícula nos fundos da casa, onde ela mantinha um ateliê. O ambiente era escuro e abrigava muitos quadros, todos cobertos com panos. Ela me contava que ali guardava as telas que pintava para registrar seus sonhos. Conforme Lucília removia os panos para me mostrar os quadros, era como se abrisse janelas para as paisagens oníricas. Então, a penumbra ia cedendo espaço à claridade, e a luminescência não era proveniente de outra fonte senão das próprias telas. A cada pintura que se acendia em clarão diante de nós, eu era tomado por um súbito desejo de ecoar a visão que invadia minhas retinas, e passava a escrever um poema instantâneo, como que psicografando num bloquinho versos inspirados na cena retratada, sempre lançando mão de uma estrofe final que, para surpresa minha e deleite de Lucília, trazia a chave elucidativa do quadro-sonho luminoso. Logo, estávamos compassados em uma harmoniosa coreografia de movimentos sucessivos e contínuos que promoviam impulsos recíprocos de sedução cognitiva: ela, despindo seus quadros, estimulava minha escrita, cuja revelação das palavras, por sua vez, a incitava a escolher um próximo quadro a ser revelado, para que eu o desnudasse em um novo poema, e assim por diante, de quadro a quadro, de sonho a sonho, de poema a poema, evoluíamos em uma ritmada e vertiginosa progressão interrompida repentinamente pela sirene do carro de polícia que, ao passar em alta velocidade pela rua, me despertou sem cuidado algum.

Em meio ao caleidoscópio de informações fragmentadas da realidade e do sonho, aos poucos eu tomava conhecimento do despertar. Verdade e ficção continuavam a se friccionar em uma persistente retroalimentação, cujo grau de miscibilidade entre os conteúdos parecia ampliar os horizontes tanto do sonho quanto da vida desperta. Tateei a mesa de cabeceira até reconhecer a caderneta e a caneta.

[O]

Soube que seu aniversário era naquele mesmo dia. Estava completando 27 anos. Fora isso, eu praticamente nada mais soube da jovem que conheci no bar indiretamente por intermédio de Flora, com quem ela havia trabalhado anos atrás. Por coincidência, o happy hour se destinava à comemoração antecipada do aniversário de 45 anos de Flora, que ocorreria no dia seguinte.

Com exceção de Flora, eu não conhecia ninguém ali. Minha ideia era dar uma passada rápida, apenas dar um abraço pelo aniversário e entregar o livro que havia comprado às pressas, a caminho do bar. Naquela noite, contudo, minha insistência em encontrar Flora pareceu ganhar um nexo extra. No exato momento em que pisei no bar, uma garota falava, entre risos, algo como "... ali eu não sabia quem eu era direito". Peguei a frase no final, descontextualizada do que estava sendo contado, o que fez com que eu a destacasse como um mote flutuante, um germe discursivo que aguçou minha imaginação para possibilidades de tramas prévias e posteriores. Foi o suficiente para me fazer puxar uma cadeira ao seu lado e permanecer no bar por algumas horas além do previsto.

Seu nome era Lucília. Durante a noite, não falou muito mais. Lembro que fez algumas piadas internas que culminaram em risos acolhidos e ecoados também pelos demais, mas a mim faltaram elementos esclarecedores para que eu participasse do coro em igual euforia. Eu apenas sorria e observava. Era definitivamente bonita. Não de uma beleza exuberante ou forjada, mas de uma graça simples e autêntica, que ela não precisava mover esforços para alcançar ou mesmo para manter. Algo no olhar me pareceu vago, talvez para dissimular o acervo de coisas que aqueles olhos castanhos seguramente teriam para contar. O nariz e o queixo descreviam ângulos opostos complementares aos quais eu atribuí a leveza do perfil. A boca quase sempre trazia junto às breves considerações um sorriso bordado no batom carmim. Os cabelos, crespos, vistosos e avermelhados — talvez acobreados, dependendo da incidência de luz — eram definitivamente estilosos. A pele era de um marrom intenso, algo de âmbar, algo de jaspe. Uma calça jeans e uma regata preta evidenciavam a silhueta do corpo, cujas partes se destacavam isoladamente e, juntas, harmonizavam um todo coerente. A observação atenta, contudo, não elucidou quem era Lucília nem por que razão cativara minha atenção com gestos mínimos e frases que aparentemente não comunicavam nada de especial.

A comemoração da noite era dupla, e não em razão do aniversário de Lucília um dia antes do de Flora. Além dos

45 anos, Flora anunciava aos amigos que no semestre seguinte iria passar uma temporada em Glasgow para cursar um MBA. Para mim, era apenas um aniversário antecipado, não uma despedida. Seguindo o roteiro de escavar o presente buscando artefatos do passado, eu ainda a veria algumas vezes nos meses anteriores à viagem. Eu a veria em Glasgow, inclusive.

Flora era mais um fantasma da minha adolescência do que propriamente uma amiga contemporânea. No entanto, eu insistia no laço precário. Uma espécie de ronda periódica que talvez pudesse resgatar algo sempre intangível que eu associava aos momentos compartilhados nos anos 80.

De início, nossa amizade parecia conter uma vibração analógica, a mesma coloração quente que emanava dos LPs e das fitas K7 cujas rotações conduziram o carrossel de tantas tardes. Mesmo nos vendo quase diariamente e morando a algumas quadras de distância em Pinheiros, costumávamos trocar cartas pelos Correios. Era sempre uma satisfação me deparar com um envelope estampado com a letra bastão de Flora, mesmo quando eu acabava de chegar da casa dela. Era certo que eu passaria algumas horas a mais no quarto, escrevendo outra carta, que, ao me dirigir à escola na manhã seguinte, seria despachada na caixa de correio da Padre Carvalho, quase chegando no largo de Pinheiros. No envelope, vagariam desdobramentos das nossas últimas conversas ou ainda temas que somente seriam abordados pessoalmente dias depois, após ela receber a carta preenchida com minha letra cursiva.

Em algum momento dos 90, no entanto, nosso caminho se bifurcou em galerias indefinidas, e talvez a vida tenha nos conformado em personagens muito específicos, destinados a tramas inconciliáveis. Voltamos a nos reencontrar somente depois do ano 2000, mas aí já estávamos digitalizados. Cada troca instantânea de mensagens de e-mail parecia incinerar as antigas cartas uma a uma. De todo modo, nossas feições envelhecidas algumas décadas ainda guardavam traços e expressões que remetiam à amizade juvenil: um determinado sorriso, uma forma de baixar os olhos em anuência a alguma afirmação. Fora esses pequenos lastros, éramos os mesmos atores vivendo papéis muito distintos dos originais, nos reconhecendo e nos estranhando a cada encontro.

O happy hour de aniversário transcorreu entre cervejas, risadas e batatas, enquanto eu me dedicava a desvendar pela admiração a desconhecida Lucília, até que as mesas e cadeiras começaram a ser dobradas pelo garçom, acionando o mecanismo da partida. Após Flora se despedir e entrar no carro sem oferecer carona, me vi descendo a rua Tuiuti, em direção ao metrô Tatuapé, a sós com Lucília. E talvez tenha sido por falta de assunto que perguntou se eu sabia as conexões necessárias para chegar às imediações da estação Grajaú, onde ela havia combinado para o dia seguinte a entrega de um grill elétrico usado, negociado em um site de compra e venda. Expliquei que o lugar era de difícil acesso para quem, como ela, tivesse que ir lá pela primeira vez, e me ofereci para acompanhá-la, já que eu não estaria fazendo nada naquele sábado. A rapidez com que aceitou a companhia me fez pensar se eu não teria me antecipado a um convite que viria dela. Acertado o encontro, desceu para sua plataforma à espera do trem. Da plataforma oposta, eu ainda pude vê-la entrar no vagão e recostar o bronze dos cabelos junto à janela.

Em casa, no começo da madrugada, reservei alguns minutos para analisar o mapa dos arredores da estação de trem onde eu jamais havia estado.

[◉]

Em poucos minutos, alcanço a estação seguinte, Fradique Coutinho. Seria preciso seguir ainda pela linha Amarela até a estação República e de lá pela linha Vermelha até a estação Tatuapé, onde um derradeiro ônibus me deixaria no aeroporto de Cumbica.

É curioso como as reminiscências parecem transbordar ao menor estímulo, mas o caso é que minha memória sempre foi péssima. Eventos extraordinários ou momentos especialmente distintivos, ocorridos ao acaso ou por intenção, sempre funcionaram como balizas das minhas lembranças, recuperando determinadas sequências temporais, distantes anos, mesmo décadas, e destacando acontecimentos que, de outro modo, teriam ficado submersos indefinidamente no opaco do esquecimento.

Entre todos os pensamentos acessíveis no momento, sorteio a lembrança de que na rua que compartilha o nome com a estação, décadas atrás, morava justamente Flora, que conheci quando eu tinha 15 anos. Ela, então com 17, passou a ser uma espécie de mentora da minha adolescência, alguém que eu deveria seguir, uma vez que me havia sido dada a chance de estar em seu seleto circuito de amizades.

A essa época, cursávamos o segundo grau na mesma escola; eu no primeiro ano do colegial, ela no último. Ao menos duas vezes por semana, a gente se encontrava na saída da aula, ao lado da estátua do bandeirante caçador de esmeraldas e índios que dava nome ao colégio. Dali caminhávamos algumas quadras até o apartamento de seus pais no simpático edifício Odete. Seu Francisco era professor de ioga e costumava estar em casa na hora em que eu chegava com Flora. Dona Letícia era bibliotecária e só retornava do trabalho no final da tarde. Na casa deles, tive o primeiro contato com a alimentação macrobiótica, com os almoços preparados por seu Francisco.

Lelê e Chico, como eram chamados por Flora, eram muito joviais, ainda não tinham quarenta anos, e eram remanescentes da cultura hippie aclimatada no Brasil. Com outros dois bichos-grilos, Ditão e Bida, formavam um grupo vocal chamado Coro Cabeludo. A atividade do grupo consistia basicamente de eternos ensaios — acompanhados sempre do violão do Teófilo Datilógrafo — e apresentações esporádicas em festivais de música independente. Em pelo menos duas ocasiões, meus pais me deixaram ir com Flora integrar a trupe do Coro Cabeludo. Lembro que, na época, eu achava as músicas meio sem pé nem cabeça, embora gostasse dos timbres das vozes e dos arranjos do grupo. Teófilo era especialmente talentoso, e observá-lo explorar o instrumento, ao mesmo tempo em que causava a agradável surpresa de um espanto bom, me dava a nítida certeza de que eu jamais seria capaz de tocar um acalanto sequer ao violão.

Apesar do contexto familiar, e talvez justamente por isso, Flora não se identificava com os hippies. Era o que acusava o look new wave do terceiro mundo, suas roupas coloridas, seu cabelo preto curto e repicado e seu desdém em relação ao projeto musical dos pais. Seu Chico certa vez a deixou muito irritada ao revelar que, apesar do visual, há poucos anos ela cultivava imensa adoração pelo grupo porto-riquenho Menudo e por suas paródias nacionais. Por sorte, já conheci Flora em outra fase e perdi a conta de quantas tardes passamos em seu quarto ouvindo LPs e fitas K7 de bandas inglesas obscuras e do rock paulistano underground que começavam a surgir.

Chico e Lelê tinham muitos LPs, e Flora também tinha a própria coleção. Os interesses variavam muito de pais para filha, mas ambas as coleções eram para mim um passatempo instigante. Depois da aula, eu costumava passar algumas tardes no apê da Fradique, copiando músicas dos discos para fitas K7, montando seleções de acordo com critérios que eu e Flora inventávamos a cada dia. Era como caminhar por paisagens desconhecidas. E, enquanto ouvíamos determinada música, os olhos corriam as informações que constavam nas capas e nos encartes. Não apenas as letras eram interessantes, mas também as fichas técnicas, que indicavam os compositores, os músicos participantes, os locais onde as sessões foram gravadas. Escolhidas as músicas, era preciso decidir quais ficariam do lado A da fita e quais ficariam do lado B. A minha regra era sempre a de repetir no início do lado B a música eventualmente interrompida no final do lado A. Já para o final do lado B era preferível que ficasse com um longo silêncio após a última música do que ter o registro interrompido bruscamente, sem continuidade possível.

Então eu voltava para casa ouvindo no walkman a fita da tarde e, apesar de cada lado das fitas K7 reproduzir trinta minutos de música, comecei a perceber que às vezes chegava em casa antes do lado acabar e outras vezes depois. Talvez tenha sido nesses trajetos que meu caminhar passou a seguir o andamento das canções enquanto as ouvia. Algumas músicas, mais agitadas, eu gostava de ouvir atravessando o burburinho da Teodoro Sampaio e do largo da Batata. Para as mais lentas ou com mais atmosfera, muitas vezes eu mudava o caminho, descendo pela Inácio Pereira da Rocha e passando pela Miguel Isasa, no sentido do largo de Pinheiros, até chegar ao quarteirão de casa.

Levantei a cabeça para ler acima da porta do trem quantas estações ainda faltavam e, em seguida, voltei os olhos para o livro que tinha em mãos. Busquei no aplicativo do celular "Tanto", na versão do Milton Nascimento, música que fazia parte de um LP que os pais de Flora ouviam bastante e que encerrava o lado A de uma de minhas fitas justo no verso "Ficava sempre acesa a luz". E, mesmo ouvindo a música no celular, ao chegar a esse trecho eu tive a nítida impressão de que a música seria interrompida e que eu ouviria o estalo da fita chegando ao fim e que não haveria metrô algum no largo da Batata e que a Miguel Isasa ainda existiria.

[O]

Passei boa parte do dia descartando receitas de internet, ora pela simplicidade vulgar, ora pela complexidade tangenciando o impossível. Na última hora, já prevendo o desastre do atraso, fiz um apanhado mental de tudo que havia lido e, correndo todos os riscos, me julguei capaz de preparar o prato de cabeça. Deixei a camisaria mais cedo, para que eu pudesse fazer as compras no mercado e ainda chegar em casa a tempo de tomar banho, me arrumar e aguardar Lucília sem parecer atrapalhado ou aflito.

A campainha tocou no momento em que eu pousava a agulha no disco para ajustar o volume da vitrola em um nível confortável. Eu não tinha pistas de seu gosto musical, e até hoje tenho uma ideia muito vaga do que agrada seus ouvidos. Ainda assim, Nat King Cole pareceu cumprir bem a tarefa de acolher Lucília sala adentro quando abri a porta do sobrado, mesmo eu tendo demorado alguns acordes de "The very thought of you" olhando para os cachos crespos e acobreados que cuidadosamente compunham um retrato vivo e sorridente emoldurado pelo batente da porta.

— Posso entrar?

— Claro.

Na brevidade do cumprimento — e seu abraço era sempre breve — aspirei um perfume sinuoso que emanava dos cabelos ou do pescoço, e que não tive tempo de compreender se exalava alfazema ou alecrim. Ela lançava olhares para todas as direções da sala, como se mapeasse no cérebro um modelo 3D do ambiente. Colocou a bolsa sobre a poltrona, onde logo em seguida acomodou o casaco, revelando os braços longos, expostos pela blusinha cavada. Uma nova onda de perfume voltou a me atingir, dessa vez a distância, impulsionada pelo movimento de Lucília em direção à estante de livros. Alecrim.

— Tem algum livro do Demétrio Diulá?

— Não. Gosta?

— Sim. É o poeta dos meus sonhos.

Começou a folhear um exemplar de Proust, e justamente nesse livro encontrou uma fotografia entre as páginas.

— Quem é a garota?

— Uma amiga minha.

Com o acompanhamento ocasional de Nat King Cole, Lucília passou a recitar o trecho de um diálogo que localizou na página marcada com a foto.

— Namorada?

— Não. Uma amiga.

— E pra que guarda essa foto?

— Ela me deu.

— Vai guardar até a eternidade?

— A foto fica aí como um marcador de página.

— Sei. Posso levar a foto comigo.

— Pra onde?

— Quer opções de destino?

Guardou a foto na bolsa. De modo algum parecia estar motivada por impulsos de ciúme ou que tais. Seu gesto era o de alguém que prestava um favor.

— Gosta do Nat King Cole?

— Não conheço.

Era um LP herdado da coleção dos meus pais. Na minha infância, a coleção de discos era limitada, e os títulos se repetiam na vitrola, meses a fio, anos até, sobretudo durante os finais de semana. A voz de Nat King Cole muitas vezes embalou os almoços em família aos domingos, e é possível que essa tenha sido a motivação para eu recuperar o disco naquele jantar.

O gorgonzola devia ser derretido em fogo baixo, imerso no creme de leite fresco. Assim não ficaria borrachento e, mesmo diluído, sua textura cremosa e seu sabor marcante seriam preservados. Esse queijo tem a vantagem de garantir praticamente a totalidade de sal necessária à receita, o que diminui as chances de erro, uma vez que um prato salgado em excesso é um prato perdido. Já o alho-poró, após rápidos cortes em rodelas, estava destinado ao fogo alto. Apenas uma salteada em azeite, com algumas rodelas de cebola roxa, já seria suficiente para manter sua textura. O passo seguinte era juntar o alho-poró ao creme, testar e ajustar o sal. Por fim, ralar sobre a superfície cremosa um pouco de pimenta-do-reino, um pouco de noz-moscada e um pouco de queijo parmesão. O pão português — mais macio que o italiano — cortado em fatias grossas iria garantir à mastigação a produção adequada de saliva para calibrar as papilas gustativas na importante tarefa de conduzir ao córtex cerebral as notícias de intensidade dos sabores do creme de gorgonzola com alho-poró. A despeito de todas essas considerações, oriundas dos diversos sites pesquisados, e sem um fio condutor óbvio, já que compunham receitas distintas, a minha versão se revelou uma prova de gincana baseada em um desafio quase impossível, porém levado a cabo.

Alimentos são destinados a saciar a fome. Para despertar, além do apetite, a imaginação de Lucília, eu sabia que precisava de oferendas e encantos. Logo, tudo estava à mesa, e eu preenchia as metades das taças com o amarelo intenso do Gewürztraminer, que, por sua vez, preenchia as metades restantes com aromas voláteis recendendo a flores, frutas e especiarias.

— Saúde!

— Saúde! Parece bom.

Depois do tilintar, observei por alguns segundos Lucília sorver o primeiro gole, situando sua fisionomia singular, e, talvez sob efeito da chama da vela que dançava entre as sombras, os reflexos dourados do vinho da Alsácia pareciam reproduzir os mesmos tons de certas curvas dos pequenos cachos matizados de seus cabelos. A tintura, ainda que vívida e em tons da moda vigente, era para mim como uma mediação que parecia me privar da verdadeira natureza daquela mulher. Intrigado acerca da cor original, nas oportunidades que surgiram me peguei a fitar a raiz, ora perto da testa, ora atrás da orelha, com uma discrição dissimulada e nervosa.

Após mastigar, notei um movimento muito breve de sobrancelhas, que interpretei como uma aprovação. Colocou no prato um naco de pão e regou com duas colheradas do creme. Com a mão, pegou o pão novamente e mordeu, delineando um semblante de expectativa e curiosidade. Tomou mais um gole de vinho.

— Como você virou alfaiate?

— Não sou alfaiate.

— Não?

— Sou camiseiro.

— E por que escolheu ser camiseiro?

— Por causa do meu pai.

— Ele também era camiseiro?

— Não. Era alfaiate.

— Tá tirando uma da minha cara?

— Meus pais morreram no mesmo ano. A alfaiataria acabou ficando pra eu cuidar. Só que eu não entendia nada do negócio. Estudava Engenharia na época. Achei que seria mais prático focar em algo específico dentro da área. Larguei a faculdade e fiz um curso de modelagem de camisas. Ainda consegui absorver uma parte da clientela antiga.

Qualquer assunto desenvolvido por Lucília parecia ter um viés peculiar, que suscitava um interesse contínuo em revolver indefinidamente os turnos conversacionais. Ela demonstrava atenção em acompanhar tudo o que eu dizia, um tipo de curiosidade basculante, que ora se afastava em perspectiva — de onde se mantinha por alguns minutos apenas ouvindo e observando —, ora se aproximava, pontuando as mais inusitadas considerações. Como se eu fosse alguém a ser interpretado, não apenas compreendido.

— Desculpa ter cancelado ontem. Precisei fazer uma cena à noite. Só soube em cima da hora.

— Fazer uma cena?

— Uma gravação. Trabalho como figurante às vezes.

— Olha só! É atriz.

— Não. Sou figurante.

— E não pretende ser atriz?

— Não.

— Por que não?

— Ser atriz é se desdobrar em uma multiplicidade. Como figurante, sou apenas alguém na paisagem. Posso ser inclusive a mesma pessoa em todas as cenas sem que ninguém saiba.

— Você mesma em todas as cenas?

— Não eu mesma. Outra. Mas sempre a mesma outra.

— E qual foi a cena de ontem?

— Coisa rápida. Um casal se abraçava no *hall* do aeroporto de Congonhas. Acho que é pra um comercial.

— Você fez o que na cena?

— Desci as escadas rolantes.

— Você não. A outra, né? A mesma outra.

O jantar avançou em seu percurso investigativo e aconchegante, subsidiado em grande medida pelo vinho, que era drenado rapidamente, em meio a uma evolução de sorrisos, risadas e gargalhadas. Lucília levantou os olhos na minha direção, a fisionomia comunicava uma tênue euforia. Por fim respirou profundamente, como se apenas o ar inalado pudesse dar conta de propagar as impressões sensoriais mais recentes.

— Tenho que ir.

Virei o disco e conduzi a aterrissagem da agulha sobre a faixa que abria o lado B. As primeiras notas do arranjo de cordas de "Paradise" se espalharam pela sala. Foi quando em um gesto despretensioso e isento de premeditação tomei sua mão, aventando aquilo que viria a ser o episódio inaugural de uma pequena série de pactos dançantes selados na sequência daqueles meses.

— Não posso demorar.

— A música não dura muito mais que três minutos.

A dança consistia de movimentos mínimos. Acomodadas as minhas mãos na parte posterior de sua cintura, Lucília enlaçou seus braços por cima dos meus ombros, e, a partir daí, nossos corpos ensaiavam deslocamentos muito lentos, que perfaziam segmentos curtíssimos, para a esquerda, para a direita, para frente, para trás, continuamente, em ordem aleatória, seguindo intuitivamente as marcações percussivas da música, sobretudo os ataques de caixa. As pulsações do contrabaixo orientavam movimentos mútuos de compressão e de afastamento das superfícies de contato dos corpos, propondo estímulos de tensão e de relaxamento. Em um repentino arpejo de harpa, meu nariz atraiu para os pulmões o ar impregnado da essência muito particular emanada de sua pele. Alfazema. Em outros momentos do arranjo, minhas mãos perseguiam as frases dos violinos e cellos, e, nas progressões que alcançavam notas mais agudas, meus dedos deslizavam por toda a extensão de seus braços até atingir os ombros, onde se demoravam em esboços de carinhos durante alguns compassos. Mais próximos dos cabelos, meus olhos buscavam distinguir entre os inúmeros fios algum que delatasse a coloração original que sempre me escapava, oculta em sua camuflagem de múltiplos tons. Eu pensava em despir os cabelos de Lucília de toda cor, pensava em visitar o passado no último momento em que seus cabelos eram o que um dia foram. Não sabia em que ela pensava. Os segundos pingavam como gotas lentas, e, embalado por essa morosidade, meu olhar foi se desprendendo do olhar de Lucília, deslizando por seu nariz até alcançar a boca que, entreaberta, parecia congelada no tempo, na iminência de alguma palavra reveladora. Então tudo pareceu ser feito de silêncio, e era como se a casa fosse uma bolha no vácuo. A poucos centímetros de sua boca, meus lábios eram a um só tempo o desejo, a intenção e o movimento de beijá-la. Em um décimo de segundo, afastou o rosto e, como uma monja drukpa após um contragolpe secreto e infalível, apenas sorriu. Todos os instrumentos da música ressurgiram, e num tranco meu olhar recorreu aos olhos dela.

— Não. Depois de um beijo, vem outro beijo e outro...

Encantado pelo distinto ponto de interrogação que era aquela mulher, talvez por um capricho imediato e infantil eu aspirasse tão somente a um único beijo. No entanto, após ouvir seu argumento, a possibilidade de uma série indeterminada de beijos se sucedendo a partir daquela boca entreaberta me surpreendeu feito uma caixa de Pandora que, em vez de males, irradiasse na minha direção todos os dons. Com isso, a evasiva, deixando entrever um cano estourado de beijos, cumpriu efeito reverso.

Depois dos últimos versos cantados, notas agudíssimas em suspensão cumpriram o papel de avisar que a dança se encerrava ali.

— Agora tenho que ir mesmo.

— Está garoando.

— Tenho um guarda-chuva na bolsa.

[★]

A madrugada já não era mais o ontem e ainda não havia se convertido no amanhã, de modo que o tempo parecia ampliar seus limites em uma insone sombra flutuante sem fim e sem começo. Restava a memória. Aquele quarto era o endereço de uma fantasia muito crua, onde em certas ocasiões sua nudez surgiria como a surpresa de um poema inesperado no virar de uma página. Se, no tempo e na distância, o contato não estava mais na pauta de uma agenda possível, eu estava convicto de que as pontas dos meus dedos e as palmas das mãos ainda armazenavam uma série de informações encriptadas no código tátil que possivelmente reconstituiria com perfeição a superfície morna e macia de sua pele, místico mapa cutâneo percorrido na rota de tantos toques e afagos, carícias que desaguavam prazeres sutis em reticências de véus e mistérios. E onde a memória já não alcançava, me restava sempre a invenção.

Desde o arrendamento do quarto 22 do Afro Tribal Dance Hotel, alguns poucos e longos dias se passaram sem que eu soubesse como alcançar uma nova situação que nos conduzisse de volta àquele cubículo mínimo e decadente.

Charlotte era uma mulher reservada, e eu tinha receio de que uma abordagem direta fosse recebida como uma invasão. Até que em determinado dia, enquanto tomávamos um café na avenida São Luís, próximo à praça da República, ela própria, a seu modo distintamente sui generis, tratou de resgatar o assunto.

— Fiquei esperando você ontem no Afro Tribal até as nove.

— Como assim? A gente não combinou nada.

— Eu sei. Não quis combinar mesmo. Acho legal a gente se encontrar lá assim, meio por acaso.

— Isso não é acaso, é tentativa e erro.

— Boa. Gostei de "tentativa e erro".

— Por que não mandou mensagem? Não fiz absolutamente nada ontem à noite.

— Que graça ia ter?

— Achou que eu iria aparecer lá, assim, do nada?

— Não achei nada. Eu estava lá.

— Certo... E como foi lidar com o meu não comparecimento?

— Fiquei lendo. Quando vi que você não ia aparecer mesmo, fui pra casa.

Essa era Charlotte. A partir de então, em função de sua regra de ouro, nossos encontros no Afro Tribal Dance Hotel derivavam da soma de preciosos desencontros. Nesse acordo tácito, escapar ao óbvio era a contrapartida mais justa que eu poderia oferecer à sua dedicada e assídua presença em nossas reservadas reuniões. Eu, em minha visão muito otimista acerca do universo das probabilidades, queria crer que cada eventual desacerto de datas e horários já era em si um prenúncio a lançar sua luz difusa sobre todo o encadeamento de eventos necessários para que, na espiral dos dias, estivesse garantida a confluência dos caminhos na direção daquele toldo bordô. Cumprindo a parte que me cabia nessa sina, em três dias alternados subi as escadas do hotel em direção ao quarto de número 22, nos quais, ansioso, esperei Charlotte abrir a porta, com os microcachos caramelo balançando na cadência de seus passos, para dizer seu costumeiro "Olá, querido".

No primeiro dia, sabendo que ela estivera ali na antevéspera, busquei por vestígios de sua passagem feito um perito criminal. Algumas das marcas deixadas no recinto eram mínimas, como os traços reminiscentes do seu perfume de tangerina na almofada puída ou o nó dado na cortina para garantir a circulação de ar pelo cômodo. E dentre os poucos sinais percebidos o mais evidente era mesmo o livro sobre a mesa de cabeceira. *Cristais & obsidianas*, de Edgar Bambara, era uma edição de poemas lançada na década anterior. O marcador na página 43 chamava a atenção para as estrofes de "Noite do lago da Lua". Até hoje não sei se ela destacou a página com o propósito de que eu a encontrasse. Contudo, uma vez que a encontrei, não pude deixar de ler e reler os versos, na tentativa de emular o olhar de Charlotte sobre eles.

Na sua ausência, me deparar com o poema foi como encontrar um cartão-postal com rua, número e CEP da dimensão paralela em que ela habitava. Conjunções astrais, estados oníricos e autoconhecimento eram temas recorrentes na obra de Edgar Bambara e estavam particularmente representados na página onde ela havia pousado os olhos e, em algum momento, pausado a leitura. Com efeito, dadas as afinidades evidentes, enquanto eu lia os versos a própria voz de Charlotte veio assumir em meu pensamento a enunciação daquelas palavras, ocupando as galerias da minha mente com sua presença telepática e sinestésica, me persuadindo de maneira muito convincente de que uma leitura jamais é silenciosa.

Seguiram-se outras duas visitas solitárias ao hotel, nas quais atravessei o tempo da espera no exercício de escrutinar os versos de Bambara para, posteriormente, consultar meu exemplar do *Almanaque onírico*, procurando na publicação símbolos que identificava em alguns poemas, dos quais eu trazia como tarefa elucidar as cenas emblemáticas. O que ocorreu foi que no terceiro dia eu já misturava os diversos dutos de informação, confundindo trechos de sonhos com estrofes poéticas e eventos da vida desperta.

Por fim, no desenrolar das semanas, tudo acabou se conduzindo em um moto-contínuo, de desencontro em desencontro, até que na quarta tentativa, no calor da tarde de uma emenda de feriado, novamente me dirigi ao segundo andar do Afro Tribal Dance Hotel, munido dessa vez de algumas guarnições elementares do supermercado. Ao abrir a porta do quarto 22, lá estava ela, com seus cabelos cor de âmbar, sentada na cama, lendo.

— Olá, Charlotte.

— Olá, querido.

— Então gosta do Bambara?

— É o poeta dos meus sonhos. Literalmente.

— Não conheço muita coisa.

— Posso te emprestar esse *Cristais & obsidianas* depois. Acho que vai gostar.

— Legal. Outro dia, li uma resenha do último livro dele. Esqueci o nome agora.

— *Pantropia*.

— Acho que era.

E ali estávamos novamente. À época, era impossível expressar qual era meu objetivo em relação à agenda no Afro Tribal. Tampouco conseguiria arriscar qual a expectativa de Charlotte em relação aos encontros. O que cada um buscava precisamente? Eu não tinha respostas. Não conseguia sequer distinguir se me deixava conduzir pela intuição ou pelos impulsos, apenas flanava sobre a imprecisão dos dias. A despeito da camada de indiferença que muitas vezes carregava sobre si, Charlotte demonstrava sensibilidade e inteligência, e eu admirava seu estilo de se vestir alheio aos lugares-comuns da moda, sua beleza sem obviedades, seu corpo, seu cheiro. Era uma mulher desejável. Contudo, era como se a exaltação estritamente física dos amantes não fizesse sentido em nosso contexto. As pulsões do inconsciente, transmigradas, pareciam criptografar a frequência de nosso vínculo em meio à matéria insondável da nossa relação. Era um mecanismo intrincado e velado, por vezes paradoxal, capaz de fazer pairar sobre o panorama dos encontros o desejo de passar minutos e minutos roçando a pele de seu braço com minhas papilas digitais, ou de atar nossos corpos em um longo abraço, ou mesmo de tocar levemente seus lábios com os meus. Em nosso particular sacrifício ritual, ofertávamos a Eros tanto quanto o necessário daquilo que nos bastava, e talvez comunhão fosse a alegoria que melhor se encaixasse ao método pelo qual levávamos nossa amizade a efeito.

[O]

Aprendi com Lucília que gérberas são flores datadas. Não sei se, naquela época, eu estava suscetível a qualquer coisa que ela dissesse, mas o fato é que poucas frases bastaram para me convencer de que quase tudo no traço e na estrutura dessas flores — talo, espinho, pétala, perfume — remetia a um universo ornamental um tanto piegas.

Há tempos sem notícias dela, a distância se manifestava como uma forma eficaz de tristeza. Justamente por isso, não foi surpresa me pegar pensando em suas frases diletantes ao passar certo dia, nas imediações do metrô Liberdade, diante de uma banca que exibia alguns maços de gérberas amarelas. Para tais momentos de nostalgia, restava a mim recorrer a seu pequeno catálogo de idiossincrasias e passear à toa por suas ideias pitorescas, como a aversão a gérberas. Desses mínimos, sempre era possível colher alguma satisfação, já que a imaginação e a memória, ainda que por vias longas e sinuosas, se mobilizavam para me reconduzir passo a passo à alegria.

Ao caminhar pelo bairro, sem capacidade para decodificar os ideogramas orientais na infinidade de letreiros do comércio local, eu imaginava a praça da Liberdade desvelada de algumas camadas de tempo, quando ainda se chamava largo da Forca. Eu pensava nos negros escravizados que ali foram executados. E me dava conta da comunidade de negros excluídos que devia habitar aquelas quadras da cidade na virada para o século XX, com a abolição da escravidão. Tudo ali à minha volta devia fazer parte de um grande bairro negro. Poderia ter se tornado uma espécie de Harlem, um núcleo comercial dos afrodescendentes, um polo cultural da diáspora africana na cidade. Entretanto, era preciso embranquecer a paisagem, e os negros foram conduzidos para as periferias para dar lugar, nessa região, aos imigrantes orientais. Nos dias atuais, visitantes de finais de semana como eu, turistas e cosplayers caminham tranquilos sobre o cemitério dos Aflitos.

Concluindo uma volta ao quarteirão não premeditada, me deparei novamente com a banca de flores, que surgiu dessa vez na calçada oposta, colocando a esquina em uma perspectiva maior. Na paleta de cores que as flores dispunham sobre a bancada, as gérberas pareciam ter contornos mais definidos, atraindo meu olhar na estratégia de resgatar as lembranças de Lucília.

Parecia um dia como qualquer outro quando Lucília me convidou para assistirmos a uma peça num pequeno teatro na rua Barão de Iguape, a alguns quarteirões dali. Aceitei, como geralmente aceitava todas as suas propostas. A peça se chamava *Onde estão os talheres de prata?* Em cena, uma atriz e um ator representavam dois namorados na mesma faixa etária, que usufruíam do mesmo poder aquisitivo, tendo, portanto, o mesmo padrão de vida. O conflito da trama vinha do fato de a família da moça ter sido rica no passado, sofrendo ao longo das décadas um processo de decadência financeira, e a família do rapaz, ao contrário, ter sido muito pobre no passado, subindo alguns degraus na escala social ao longo das mesmas décadas. Com isso, apesar de serem jovens muito parecidos em suas vidas cotidianas, traziam na bagagem das gerações valores e perspectivas muito distintas. De modo geral, a ideia da encenação era interessante, apesar de eu ter achado que os diálogos soavam meio forçados.

No final da peça, tarde da noite, começamos a andar, famintos e sem rumo, pelas ruas próximas, na busca de algum restaurante.

— Eu não entendi aquela hora que o cara disse que eram de cidades diferentes mesmo tendo nascido no mesmo lugar.

— Acho que tem a ver com o lance da metrópole. É impossível viver em uma metrópole, em sua totalidade. A gente meio que vai criando fronteiras pessoais. Uma cidade mental. Essas cidades-indivíduo vão se aglutinando, se repelindo.

— Mas por que cidades diferentes? Aí seriam recortes de uma mesma cidade...

A sirene de trovões não soou o alarme com a antecedência necessária, e o temporal nos surpreendeu em um quarteirão de estacionamentos e muros, sem nenhuma cobertura que nos amparasse. Sob chuva intensa, foram cerca de 200 metros rasos em busca de abrigo, até alcançarmos, já completamente ensopados, um pequeno toldo bordô no qual se lia After All Days Hotel. Desnorteados, éramos dois náufragos na tempestade, lançados àquela estranha e redentora ilha no meio da noite.

No interior do estabelecimento, era possível ver um balcão e um homem assistindo a uma minúscula TV. Lembro que ali, sob o toldo, olhamos brevemente um para o outro na expectativa de que a chuva em algum momento pudesse ceder.

— E esse nome de hotel?

E foi a partir do estímulo desautorizado das gérberas, na tentativa de recuperar nos meses alguns de nossos episódios, que o calendário, como que surpreendido por uma ventania, saltou muitas de suas páginas para trás, para eu me ver mais uma vez a amparar o dorso de Lucília. Em uma espécie de viagem astral autoinduzida, pude rever a cena de fora do próprio corpo, como se assistisse ao videotape da câmera de segurança localizada junto ao toldo sob o qual estávamos. Telespectador da memória, afastado do centro do acontecimento, pude perceber, sobrepostas as camadas do tempo e da distância, que seu consentimento imediato era desprovido de excessos emotivos e denunciava que, se ela estava ali pronta para atender àquele abraço encharcado, não era por arroubos sentimentais ou românticos, mas tão somente por se fazer presente no momento inusitado.

E já sem saber mais se determinada cena aconteceu antes ou depois de outra, passou a transcorrer em minha mente um ramalhete de episódios peculiares e fugazes promovidos pelo signo do extraordinário, nos quais, sem ninguém que nos reconhecesse, pretendíamos observar a nós mesmos sem distorções.

[☾]

Então eu me dedicava a cheirar o corpo de Lucília, e cada parte exalava um aroma diferente. Pescoço, lábios, ombros, seios, umbigo, púbis, coxas, pés se apresentavam em uma anatomia de aromas. Havia ali amora, sândalo, cerejeira, lótus azul, capim-limão, ylang-ylang, sálvia, baunilha. Cada essência trazia sua legenda olfativa muito clara, e eu era capaz de distinguir de maneira incontestável o aroma residente em cada área. Após realizar o percurso em seu sentido reverso, revisitando as fragrâncias uma a uma, por fim eu chegava aos cabelos, que sintetizavam um perfume inédito, quiçá resultante daqueles odores todos.

Os sonhos se sucediam. Na maré-cheia, não sabendo o que fazer com o acúmulo de devaneios registrados no papel, meus pensamentos desorientados invadiam territórios da prosa e da poesia, da ficção e da realidade, da memória e da invenção. Como o deus Jano, minha cabeça parecia ter duas faces: uma a mirar o passado; outra, o futuro.

Ao reler os escritos, me sentia igualmente surpreso e assustado. Eu relacionava tudo aquilo ao sonho no qual fazia poemas a partir dos quadros que Lucília me mostrava e indagava a mim mesmo se minha vida desperta não estaria sendo sugada pela vida onírica. Estariam os sonhos apenas antecipando algo pronto para emergir do subconsciente para o consciente? Diante disso, evitar encontrá-la obviamente de nada adiantou. O que quer que pudesse acontecer ou ter acontecido se negava a desaparecer da minha mente. Permanecia suspenso como delicioso assombro, um ectoplasma a habitar as horas vagas e preenchidas, os tempos de sono e de vigília. Uma narrativa cruelmente melhorada a cada dia, a cada noite de sonho, a cada página escrita.

[★]

Às vezes, nada pode ser mais decisivo que o acaso. E não foi de outro modo senão por acaso que chegamos pela primeira vez às portas daquele hotel de quinta categoria. Na recepção, antes que falássemos qualquer coisa, o funcionário nos entregou as fichas de cadastro. Eram duas folhas A4 com dezenas de campos, onde só faltou o pedido para que escrevêssemos uma redação no verso. Ao terminar de preencher o papel, assinei meu nome. Ela rabiscou um inacreditável "Charlotte García". O homem jogou as fichas direto para o esquecimento numa caixa de papelão largada no piso, e então retirou do painel de pregos que havia na parede atrás dele uma chave antiga, presa com barbante a um comprido chaveiro de madeira com o número 22 rabiscado a caneta esferográfica.

No quarto, o que encontramos foi um cômodo largado ao abandono. Uma cama de casal velha com um colchão disforme, uma mesa de cabeceira sem gaveta, um armário de portas empenadas e um banheiro onde os azulejos faltantes compunham com os remanescentes um curioso mosaico desmantelado. Apesar de tudo, a chuva que ainda caía forte, sem promessa de trégua, fazia daquele quarto um lugar que proporcionava tudo de que precisávamos no momento; um abrigo mínimo.

— Quem é Charlotte García?

— Personagem de uma novela mexicana dos anos 90.

— Parece mesmo nome de alguém que se hospedaria num lugar chamado Afro Tribal Dance Hotel.

— E esse nome de hotel?

Seus cabelos estavam molhados em uma magnitude tal que eu olhava para Charlotte na certeza de que inevitavelmente toda aquela tinta se dissolveria e ali eu teria acesso enfim à cor natural.

— Seus cabelos ficam mais escuros molhados. Eu gosto.

— Eu não.

— Enquanto você se acomoda aí, vou buscar alguma coisa pra gente comer.

— Ainda está chovendo.

— Tanto faz. Já estou molhado.

— A comida tem que chegar seca.

— Ah... Dou um jeito.

Ainda da entrada do hotel, pude avistar, na mesma calçada, poucos metros à frente, uma garagem convertida em delivery de pizzas. Era o que bastava. Me esgueirando pelas paredes, de portão em portão, alcancei o estabelecimento sem causar maiores estragos a mim mesmo e pedi uma pizza. Com as roupas terrivelmente molhadas, eu sentia na rua um frio bem maior do que deveria estar fazendo naquela noite. Aproveitei a espera para me aquecer um pouco perto do forno e, poucos minutos depois, já estava voltando ao hotel levando um vinho suspeito para acompanhar o improviso do jantar. O porteiro cochilava diante da miniatura de TV e nem me viu subir os dois lances de escada. Ao abrir a porta do quarto, avistei Charlotte, à meia-luz, vestida com uma toalha, tentando acomodar melhor o abajur sobre a mesa de cabeceira.

— As roupas ficaram encharcadas. Toma um banho quente.

— Vou tomar.

— Trouxe pizza de quê?

— Muçarela. Trouxe um vinho. Não tinha muita opção de escolha.

Abri o chuveiro e fiquei pensando em tudo o que havia acontecido ao longo daquele dia, e achava engraçado de repente ter ido parar com uma Charlotte naquele quarto surreal. A impressão era de que eu iria desligar o chuveiro e, ao sair do banheiro, estaria sozinho no quarto, pensando que ela poderia ter entrado num táxi e me deixado no meio da chuva. E tudo daí em diante teria sido outro sonho, após eu ter desligado na cama por alguns minutos antes de entrar no chuveiro. Mas não. Era Charlotte, envolta na toalha branca, com seus cabelos cor de curry, os delicados cachos crespos pendendo gotículas.

— O que você fez com as roupas?

— Dei uma torcida e estendi na cadeira. Coloca as suas nas portas do armário.

— Certo.

Ali estávamos nós, sentados na cama diante de um disco de pizza, com uma garrafa de vinho disputando espaço com o abajur em cima da mesa de cabeceira.

— A parte de cima da embalagem é o meu prato, a parte de baixo é o seu.

— E o vinho no gargalo. Saúde!

— Saúde! Já reparou que sempre bebemos vinhos ruins?

Não lembro se o papo foi longe ou se andou em círculos, mas em algum momento o sono nos arrebatou. Horas depois, a luz da manhã perpassou as irregularidades da veneziana e os rasgos da cortina, e eu pude observar o despertar de Charlotte. Ainda que nua, seus cabelos tingidos pareciam resguardá-la de uma nudez final e definitiva. Para a minha percepção, a coloração dos cabelos funcionava como uma pintura corporal. Era algo que de certo modo ainda a mantinha vestida.

— Bom dia, Charlotte. Dormiu bem?

— Sim. Dei uma acordada logo que amanheceu, mas depois dormi de novo. Sempre que acontece isso, tenho mais sonhos confusos.

— Ah, é?

— Acho que quando é assim não vem o sonho que já estava programado pra vir, estruturadinho e tal. Vem um sonho produzido às pressas, mais no improviso.

— Sonhos emergenciais produzidos por plantonistas.

[◉]

Sentado no banco do vagão, atravessando o subterrâneo da cidade, eu rememorava lembranças, flashes de sonhos e de acontecimentos, prontamente projetando-os da cabeça em direção à superfície, para o alto e para além do concreto dos túneis do metrô, das tubulações e do asfalto, transmitindo a mim mesmo a estranha sensação de que, embora o tempo não deixasse de avançar, aquelas situações já vividas estavam ainda a transcorrer nova e indefinidamente, num loop perpétuo, em lâminas paralelas ao presente. Dimensões de tempo desdobradas no espaço me fazendo crer que talvez o passado não se sedimente sempre de maneira cumulativa no profundo da memória; o passado, muitas vezes, resta feito pó, espalhado na superfície de tudo.

Vasculhei o aplicativo do celular na busca de canções que faziam parte de algumas das fitas K7 da adolescência. Era mais fácil lembrar da primeira e da última músicas de cada lado. Talvez o ato repetido de colocar e remover a fita seguidas vezes tenha servido para enfatizar determinadas canções. Décadas depois, ainda era possível recordar quais delas eu próprio havia escolhido e quais foram sugestões de Flora.

"Madame Oráculo" era uma música da banda Nau que às vezes tocava na 97 FM, uma rádio alternativa da região do ABC. Flora tinha um LP lançado pela gravadora independente Baratos Afins que trazia uma coletânea de bandas obscuras da nova cena de São Paulo. Nesse mesmo disco, além dessa canção da Nau, havia um som que Flora tinha me apresentado lá no apê da Fradique: "Farsantes amantes", da banda Vultos. Fiquei na dúvida se encontraria as músicas na plataforma. Encontrei. *Não São Paulo 2* era o nome do LP que copiei na íntegra em uma das fitas. Eu conseguia até visualizar os escritos em caneta esferográfica. Uma TDK verde. Se eu estivesse em casa, reviraria armários e caixas por horas até encontrá-la.

As músicas me transportaram momentaneamente para o final da década de 80, e pude mesmo me ver entrando com Flora no Centro Cultural São Paulo, onde ela me levou em certas ocasiões para assistirmos a alguns shows de uma série chamada Rota 87. Lá assistimos ao vivo a apresentações de alguns grupos pouco conhecidos do grande público e que passaram a fazer parte de outras fitas K7 gravadas no apê de Flora.

A essa época, ela própria chegou a integrar uma banda como vocalista. Assisti a dois ensaios precários, com contrabaixo, guitarra e microfone plugados em um único amplificador, e uma bateria com uma pandeirola fazendo o papel do chimbal inexistente. Os demais integrantes, dois carinhas e uma mina, eram seus colegas de escola. Durante o outono que pontuou a breve existência, a banda se chamou Véu.

Os ensaios eram ruidosos, bem diferente dos saraus do Coro Cabeludo. Ninguém ali dominava seu instrumento, ainda assim o vetor sonoro resultava uma vibração contagiante. A banda, mais que um projeto musical, era um esforço. A voz de Flora soava metalizada através do amplificador, levemente distorcida, um efeito não intencional que contribuía de algum modo com a urgência que as músicas breves pareciam transmitir.

Lembro da primeira vez que folheei o caderno de letras de Flora e percebi que os escritos guardavam pulsação e vigor mesmo apartados das canções. Entusiasmado com a possibilidade de ter palavras entoadas e potencializadas para além do papel, passei algumas semanas debruçado em uma ideia de letra para mostrar a ela. Talvez pudesse aproveitar os versos em alguma nova música da banda Véu. Antes de pensar em qualquer frase, defini o título: "Beco sem saída". A composição do restante da letra foi, na verdade, o caminho reverso, já que era preciso sair do beco que era aquela frase para que eu pudesse ir ao encontro de todas as palavras e estrofes restantes. Em devaneios, imaginava Flora cantando a música ainda inexistente e tentava adivinhar em seus lábios quais eram as palavras que ela interpretava com tanta expressividade. O esforço parecia em vão. Na minha mente, o som do restante da banda era muito alto e cobria o vocal. Às vezes, quando parecia que algum verso estava chegando ao meu entendimento, me distraía com o olhar de Flora na performance da imaginação e perdia o movimento da boca na articulação silenciosa. Até que senti que era preciso fechar os olhos também no pensamento, para apenas aproximar meu ouvido ao sopro das palavras. Me veio então, num susto, o refrão: "As consequências do amor/Vão perturbar a minha vida/E quando isso acontecer/Eu estarei num beco sem saída". A letra deveria orbitar esses versos. As demais estrofes, que se articulavam para alcançar o refrão, foram elaboradas de maneira mais lógica e mecânica, como um jogo de dominó em que era preciso um pouco de sorte e paciência para unir as pedras semelhantes. Só depois de alguns dias, no jardim suspenso do Centro Cultural, eu retirei a folha destacada do caderno com o manuscrito de "Beco sem saída" e estendi na direção de Flora, que leu rapidamente e deu uma risada debochada de reprovação.

— Nada a ver isso aqui.

Rapidamente chego à estação República, onde é preciso fazer uma baldeação para acessar a linha Vermelha e seguir rumo à zona leste da cidade. Enquanto desço as escadas rolantes em direção à próxima plataforma, lembro também que foi exatamente na praça situada acima, na superfície, que Flora me avisou da mudança da família para a distante cidade de Ilha Solteira. Sugestionado pelo topônimo, durante alguns dias o paradeiro de Flora permaneceu no meu imaginário como sendo um destino exótico do litoral, apesar de a cidade ficar, de fato, no interior de São Paulo, quase chegando em Mato Grosso do Sul. Era um sábado, e Flora me deu como presente de despedida um colarzinho meio hippie, comprado ali na hora, em uma das bancas da feira de artesanato da praça. Usei o colar por muitos anos, e talvez ainda esteja guardado no fundo de uma gaveta envolvendo alguma fita K7 esquecida.

[★]

Enquanto caminhávamos pela rua, eu observava aquela região da cidade ao mesmo tempo central e marginal, com suas tantas edificações deixadas à sorte do tempo e das intempéries, possivelmente desabitadas ou apenas esquecidas na atenção dos passantes. Às vezes, nada pode ser mais construtivo que o caos. Qualquer uma daquelas construções serviria ao incógnito refúgio, qualquer uma delas poderia ser convertida em uma bolha extraordinária, elástica e oscilante, um lugar qualquer para nos trancarmos por algumas horas.

Lua e Vênus enfeitavam a noite quente de primavera quando chegamos diante do hotel. Encontrar o quarto 22 desocupado era como um jogo de dados em que a sorte até então nos tinha feito vitoriosos, mas o revés poderia surgir na jogada seguinte, e os quartos 37 ou 14 nos assimilariam à revelia em outras narrativas. Contudo, as chaves desejadas estavam mais uma vez nos aguardando no quadro da parede como uma forma-pensamento, para que pudéssemos subir os lances de escada até o segundo andar.

Cada degrau vencido impulsionava um pequeno salto rumo a um microcosmo improvável e imprescindível, sempre ao nosso alcance. O ruído da chave girando o mecanismo da fechadura fazia as vezes do sino místico que daria início ao próximo ritual. Enclausurados, estávamos de volta ao autoexílio, refugiados em nossa zona de conforto, na conotação mais sensorial que essa expressão poderia comunicar. Um abraço longo e silencioso era sempre a primeira providência. Cingíamos assim, em nós mesmos, o núcleo do abrigo interpessoal, elo de todo magnetismo. À meia-luz, ela me parecia escandalosamente bela em sua simplicidade. Eu sabia que Charlotte, apenas com um olhar e um sorriso, me concederia dois ou três desejos, como se minha satisfação em tê-la como musa fosse também para ela uma realização. É possível que ela depreendesse o componente erótico em minha comunicação. O que talvez ainda a surpreendesse era constatar que meu erotismo, assim como o dela, era articulado em pequenos caprichos.

— A gente não tem tatuagem.

— Verdade.

— Já pensou em fazer?

— Sempre penso, mas nunca faço.

— O que faria?

— Talvez aquela flor ave-do-paraíso, sabe? Mas tinha que ser com alguém que tatuasse bem.

— Por que não uma flor mais comum?

— Qual?

— Sei lá. Gérberas?

— Credo! Nunca.

— Qual o problema?

— Você não acha que elas são datadas?

— Datadas?

— Pensa numa flor qualquer. Agora pensa numa gérbera. Percebe?

Reconheci o mesmo aroma cítrico e herbal que se destacava em meu sentido como uma assinatura, porém mais morno e aconchegante. A paisagem olfativa de Charlotte. Examinei seu cheiro, farejando regiões aleatórias da pele. Meus dedos passaram, então, a ser emissários de um poema multissensorial, sussurrando versos através do toque para que sua pele ouvisse com atenção. Era preciso reter aquela suavidade em minhas mãos. Era preciso manter aceso aquele cheiro em minha memória. Em ocasiões como essa, era possível experienciar a manifestação real do extraordinário. Tão real como nos meus sonhos.

Atravessada a madrugada, depois de um dia cansativo e uma noite incomum naquele hotel bizarro, os pensamentos que saudavam a manhã não eram mais que rumores de lembranças e começavam a penetrar a densa bruma através da qual já não é possível distinguir com exatidão o recordado do inventado. Deixei o quarto 22 para adiantar o pagamento na recepção enquanto Charlotte se arrumava. Ricocheteavam nas paredes do hotel fragmentos de nossas conversas, e, se eu fechasse os olhos, um feixe de cenas ainda não vividas prontamente se projetava na câmara escura da minha cabeça.

23... 21... Pelo corredor, fui observando cada porta, imaginando as histórias que se desenrolavam dia a dia dentro de cada uma daquelas cápsulas. E desci as escadas pensando em quanto aquela noite caótica e casual havia sido incrível, e quanto era simplesmente impossível categorizar a natureza da relação que se estabelecia entre mim e Charlotte.

Minutos depois, ao voltar ao quarto para buscá-la, eu já tinha aquele espaço consagrado como um lugar mítico nas projeções de nossa imaginação.

— Depois transfiro metade na sua conta. Quanto deu?

— Quatrocentos reais.

— Como assim quatrocentos reais nesse pardieiro agora?!?

— Reservei o quarto por um mês, Charlotte.

Pegou a bolsa e saiu rindo do quarto. Lembro do eco da sua risada subindo as escadas do Afro Tribal Dance Hotel enquanto as descíamos. Na rua, fazia sol.

[O]

Nas pessoas particularmente interessantes, por vezes os vícios mostram-se mais atraentes que as virtudes. Eu sondava por uma pequena falha de caráter que viria coroar minha obsessão por Lucília, insuflada ainda pelo incógnito da cor original de seus cabelos. Assim, atento às deficiências e aos excessos perceptíveis em sua conduta, prospectava no terreno ainda desconhecido daquela amizade algum desvio sutil.

Quanto mais eu me percebia interessado por Lucília, mais ficava evidente algum traço de desdém dela em relação a mim. Seria a indiferença o vício que me atraía àquela mulher? O desprendimento em relação às situações e às pessoas de um modo geral (e a mim, em particular) a trajava com um ar blasé sem afetações, um descaso descuidado e cativante. Elegantes gestos de fastio que a distinguiam das demais mulheres do meu círculo de relações. Talvez o distanciamento era justamente o que me mantinha magnetizado ao seu horizonte de eventos. Aos meus olhos, ela figurava quase sempre impassível, como um terrível buraco negro seduzindo estrelas, planetas e satélites para a sua misteriosa e definitiva noite sem tempo.

Portanto, já não esperava que ela demonstrasse interesse algum em voltar ao bar da Bela Cintra na minha companhia. Eu, sim, queria voltar lá com ela. Na verdade, o local em si pouco importava, o que me parecia claro, desde a noite em que a conheci, era que de alguma forma eu queria aquela mulher por perto, percorrendo o perímetro dos meus dias, rondando meu cotidiano baldio.

Cheguei ao bar às dez para as sete, e ela ainda não havia chegado. Escolhi uma mesa em uma área lateral, um corredor apertado, um tanto apartado do restante. O acabamento em madeira da parede e as janelas no lado oposto davam a impressão de um antigo vagão de trem abandonado. Ao vê-la através da janela, enquanto cruzava a Matias Aires em direção ao bar, concluí que a beleza revestida de estímulos apraz, além dos sentidos, a cognição. Ao se aproximar, me cumprimentou, cedendo o rosto para que eu beijasse.

— Não tinha outro lugar?

Antes que eu pudesse responder algo, um senhor, que no momento acumulava ao cargo de dono as funções de garçom, cozinheiro e caixa, veio tirar o pedido. Perguntou se o vinho era mesmo seco e sentenciou que a porção de batatas demoraria cerca de meia hora para ficar pronta.

O vinho foi servido em copos americanos, em doses hiperbólicas. Não era intragável, mas certamente estava muito próximo da fronteira do potável. Um brinde, um gole. Depois de alguns minutos de silêncio, meus dedos desemaranhavam seus cachos urucum. Se fossem um pouco mais sensíveis, minhas falanges perceberiam as sinapses estalando junto aos neurônios, revolvendo as ideias em ignição. Entre os meus dedos, os cabelos eram ainda mais bonitos, e seria injusto dizer que não combinavam com ela, mas a cor natural seguia como uma lacuna que abalava minha curiosidade. Em pensamento, tentei lembrar de um sonho não anotado, em que a tinta escorria de seus cabelos. Qual era a cor que restava nos fios? Não conseguia visualizar. Do sonho, recuperava apenas a imagem da calda ferruginosa empoçando no chão. Desde que idade pintaria regularmente os cabelos? Dezenove anos? Vinte? Desde o ano anterior?

Gradualmente nossas conversas passavam a ganhar ritmo e amplitude, os pensamentos mais diáfanos assumiam uma plasticidade peculiar e emergiam como balizas, organizando os limites sensíveis da realidade. Eram momentos em que discorríamos acerca do mundo material e do imaterial, dos sonhos e da realidade, de pessoas reais e de personagens fictícias, de cidades já visitadas e de viagens a lugares no mundo onde jamais chegaríamos a ir. A verdade é que talvez nós não tivéssemos então a exata dimensão daquele pequeno espaço instaurado para a suspensão provisória do cotidiano, pois, se por um lado o tempo parecia estar de algum modo a nosso favor, os relógios, por outro lado, quase nunca amparavam nossas expectativas, fazendo com que tais momentos fossem sempre insuficientes e fugidios.

Saindo do bar, nos amparamos em um abraço. Se alguém passasse naquele momento na rua quase deserta, veria apenas duas pessoas se abraçando. Para mim, o abraço constituía algo em si. Interseção de sensações e de vontades, espaço de imobilidade e de vibração. Envolvendo seu corpo, acariciei seus ombros e senti em seus cabelos um recado distante de flores e folhas revolvidas pelo vento.

— Tchau.

Simplesmente se desatou do abraço, virou as costas e seguiu seu caminho, me deixando ali na esquina do posto de combustível.

Depois desse encontro, em uma espécie de terapia ocupacional, tentei me dedicar mais ao trabalho, cumprindo um expediente maior na camisaria, chegando a executar eu mesmo alguns cortes de tecido, para preocupação da costureira responsável pela tarefa. Isso durou poucos dias.

Certa manhã, após consultar os desígnios da meteorologia, resolvi visitar alguns clientes antigos, da época do meu pai. Foram umas poucas visitas nostálgicas e estéreis que avançaram até o começo da tarde e não reverteram venda alguma. Horas em que passei tomando café, de bairro em bairro, ouvindo histórias dos que me conheciam desde garoto, sempre me lembrando do quanto eu parecia com o velho Isidro. Talvez por conta dessas conversas saudosistas, almocei em um bar da avenida Lins de Vasconcelos, muito longe da camisaria, mas muito perto da barbearia do seu Silvestre, conterrâneo de meu pai, à qual vez ou outra ele me levava, depois de cruzar a cidade no ônibus 477A, para cortar o cabelo e atualizar com o amigo as conversas da vida.

Após o almoço, vi que passava das três, e o dia não tinha rendido nada. Ao sair do bar e rodear o quarteirão, percebi que a barbearia estava na verdade muito longe, afastada no tempo, uma vez que nem a casa existia mais. Desisti de dar sequência às visitas e tirei o restante da tarde para andar sem destino pelas ruas do Cambuci, conferindo o que ainda existia e aquilo que não mais. Os fones agora reproduziam uma playlist automática, e os passos seguiam uma marcha indefinida. Chegando ao largo próximo ao começo da Lins, sentei em um dos bancos da praça, ao lado de uma banca de jornal. Observava as pessoas que passavam dentro dos ônibus, dentro dos carros, observava os pedestres, os comerciantes. Naquele momento e naquele local, eu me sentia exilado de qualquer dimensão possível, e o largo do Cambuci era de repente um não lugar, uma dimensão às avessas, onde eu e todas as demais camadas permeáveis da vida permanecíamos em suspensão. A playlist aleatória por fim descambou em uma sequência de sons totalmente desconectados do meu algoritmo mental. Desisti das músicas sugeridas e fechei o aplicativo.

Então quis novamente caminhar, já que parado as digressões iam se engavetando em um enorme congestionamento mental. Dali em diante segui embalado por uma música imaginária. Parecia uma valsa pendular, um ritmado déjà vu de frases melódicas que me alçava de uma calçada a outra em passos leves e sem direção. De onde eu estava, poderia seguir para os lados do Ipiranga, terminando o passeio quem sabe no parque da Independência, ou ir na direção oposta, para os lados do centro da cidade. Sem nada que justificasse, a princípio, seguir por um caminho ou por outro, talvez a força centrípeta da Roda da Fortuna tenha me conduzido à região central. E, feito um figurante transeunte cujo papel nas cenas daquele fim de tarde seria apenas o de carimbar as calçadas com as próprias pegadas, percorri ao léu incontáveis quadras da rua do Lavapés, chegando depois de muito tempo à rua da Glória, até alcançar a Conselheiro Furtado, por onde segui indefinidamente até parar para tomar um café. O vaivém de pessoas pelas ruas havia se intensificado. Era a noite que chegava, e com ela o frio.

[★]

Encostado no balcão, me dei conta de que, se desviasse o caminho em apenas algumas quadras, alcançaria o Afro Tribal. Foi só então que decidi ir até o hotel. Lá poderia tomar um banho, descansar um pouco da caminhada da tarde e voltar de metrô, deixando para jantar em casa.

Eram quase sete da noite quando cheguei. Uma movimentação na recepção e em todo o térreo me fez pensar em uma ocorrência policial. Estranhei que pudesse ser algum tipo de evento porque me parecia impossível que aquela espelunca prestes a desabar fosse capaz de sediar qualquer coisa do gênero. Ao entrar, percebi que, além do burburinho, havia música. Um som pulsante e abafado vinha do fundo do corredor para onde as pessoas se dirigiam. Curiosamente, o recepcionista permanecia alheio, como sempre, assistindo a sua televisão diminuta, sem dar atenção para as pessoas que iam entrando. Subi para o quarto 22.

Tomei um banho demorado, vesti a mesma roupa e deitei na cama. Cansado, permaneci por alguns minutos olhando para o teto, com o pensamento vago e abstrato, apenas sentindo as vibrações sonoras emanadas do térreo.

Até que houve um momento em que olhei para a cadeira e vi a bolsa.

Ela estivera no quarto, e estava ainda por perto. Bastava eu permanecer ali e esperá-la voltar. Era impossível. Precisava ir imediatamente a seu encontro. Para onde teria ido? Eu analisava a cena atentamente — chão, portas, paredes — e estava tão determinado a encontrá-la que me sentia até mesmo capaz de mapear os resíduos da radiação infravermelha emitida por Charlotte no transcurso do espaço percorrido. Desci as escadas em direção ao térreo. Ninguém mais entrava no hotel. No entanto, eu continuava a ouvir a batida da música que vinha do fundo do corredor. Minhas opções eram sair para a rua ou vasculhar o restante do hotel. Atendendo ao chamado da música, segui o som até o final do corredor térreo e me deparei com a porta do último quarto, de número 7. A intensidade do som não deixava dúvida de que algo acontecia além da porta. Torci a maçaneta, entrei e encostei novamente a porta atrás de mim.

Era um quarto como outro qualquer, com exceção de que não tinha mobília e de que era bem maior que os demais, quase um salão. Por alguns minutos, percorri o ambiente com os olhos, em uma panorâmica. Do meu lado direito, na parede ao lado da porta e oposta à janela que dava para o fundo do hotel, dois homens, provavelmente gringos — tão pretos como um dia fomos pretos todos os pretos do Brasil —, tocavam atabaques com as mãos. No outro lado, próximo à janela, um DJ, de pele rósea e cabelos cor de cenoura, provavelmente gringo, operava seus toca-discos, amplificadores e mixers conectados a duas caixas de som velhas que funcionavam com perfeição. O DJ emendava uma música na outra, gerando uma cadeia sonora cíclica e ininterrupta. Os discos reproduziam temas etéreos sobre uma base de sintetizadores e beats, e a mistura soava como uma coletânea de mantras do espaço sideral. Plenamente amalgamados com o restante do som, os percussionistas batiam seus atabaques sem dó, como se ali fosse um terreiro de candomblé, fazendo os corpos de todas aquelas pessoas vibrar em ressonância. Quem seriam? Estimei que ali naquele quarto minúsculo havia mais de cinquenta seres dançantes. Na análise visual, não foi possível estabelecer um denominador comum que os unisse em uma categoria. Localizei diversos matizes de peles, múltiplas etnias e seus entrecruzamentos, homem de terno e gravata, homem de chinelo, mulher de coturno, mulher de salto alto, gente idosa, gente jovem, possíveis bandidos, improváveis casais. E Charlotte.

O som era hipnótico. Lá estava ela no meio do povo, uma linda silhueta a dançar sua dança convulsiva e muito pessoal. As únicas fontes de luz do ambiente eram a janela, que recebia parte da iluminação da rua, e os pequenos leds dos equipamentos de áudio. A imagem de Charlotte chegava estroboscópica aos meus olhos, na medida em que muita gente entrava e saía dançando na minha frente em velocidade, ocultando e revelando rápida e continuamente seu vulto diante de mim. Fui me intrometendo fisicamente entre as pessoas, seguindo os reflexos cúpricos dos cabelos, até finalmente chegar diante de Charlotte, cara a cara. Quando me distinguiu em meio à penumbra das pessoas, não demonstrou surpresa alguma. Apenas ria.

— Afro Tribal Dance Hotel!!! Entendeu?!? Dance Hotel! Afro! Afro Tribal!!!

E ria. Eu, que já há algum tempo havia desistido de tentar entender muitas das circunstâncias que me eram apresentadas na vida, nada respondi. Apenas a abracei, em uma atitude igualmente sem sentido. Eu podia sentir seus músculos reagirem a cada pancada de mãos nos atabaques, como se ela estivesse sob influência de uma possessão rítmica. O calor volatilizava seu cheiro, do qual o suor era um óleo essencial que rapidamente me entorpecia, fluindo do seu corpo para o meu, impregnando minhas mãos, meus braços, meu peito, e indicando que ela devia estar em frenesi intenso há mais de uma hora. Abraçado com Charlotte, por alguns segundos senti uma leve vertigem, e de repente passei a perceber os batuques acelerados apenas como subdivisões de um andamento lento e misterioso, camuflado entre os ataques executados nos tambores, como se uma partitura original de poucas notas tivesse seus espaços de silêncio preenchidos por inúmeras colcheias e semicolcheias percussivas, de modo a criptografar com camadas adicionais de som a oculta melopeia que naquele momento a mim era revelada. Durante três, cinco minutos ou mais, passei a conduzir Charlotte em movimentos calmos e compassados, girando muito vagarosamente em torno do eixo formado pelo nosso abraço. Estávamos imersos na valsa secreta, corpos colados, os pés descrevendo pelo chão invisíveis fractais, enquanto as demais pessoas se agitavam deslocadamente em coreografias aleatórias.

— Você está ouvindo a valsa?

Diferentemente de uma rave, o happening no Afro Tribal acabou cedo, sem nenhum anúncio ou agradecimento, sem nenhuma informação sobre os percussionistas pretos e seu DJ cor-de-rosa. Apenas o restabelecimento do silêncio, as luzes acesas novamente e estava encerrada a sessão. Antes da meia-noite, as pessoas já iam se retirando para suas vidas, e nós dois íamos em direção ao quarto 22.

Assim que pisamos no segundo pavimento, Charlotte me pegou pela mão na intenção de continuar a subir as escadas.

— Onde você vai?

— Vamos ver lá em cima!

— Lá em cima onde?

— Lá em cima!

Depois de subirmos mais três lances de escada, chegamos ao último andar do hotel. No corredor, do lado oposto aos quartos, havia uma porta sem trava que dava acesso a uma última escada, que, por sua vez, dava acesso ao terraço do prédio. O hotel, que tinha cinco andares, não era alto, e a vista da região não era nada animadora. A face mais privilegiada dava para os fundos de uma igreja, cujo telhado avistávamos a uns três metros abaixo do parapeito onde estávamos encostados.

— Vamos ficar aqui? Ou a ideia é pular pro telhado da igreja?

— Aqui é praticamente o telhado da igreja. Que frio! Cadê o vinho?

— Não trouxe. Nem imaginava encontrar você hoje.

Sentamos lado a lado no chão, junto a uma base cimentada que servia para proteger um registro de água. Eu olhava para Charlotte pronto para que ela me esclarecesse a pauta de mais uma noite absurda em nosso currículo.

— Queria ver o céu. Olha. Tá vendo lá? Os planetas alinhados?

— Estou vendo um monte de estrelas. Onde?

— A Lua, pelo menos, você achou? Então... Olha ali, na sequência.

— Ah! Vi.

— Júpiter, Saturno, Marte, Vênus e Mercúrio.

— E a Lua! Quase o poema do Bambara. Em vez de lago, o telhado da igreja. Estranho olhar pra Júpiter e pensar que estamos aqui, com zilhares de coisas acontecendo na Terra, e que agora mesmo lá tudo é uma gigantesca superfície gasosa e deserta.

— Li que outro alinhamento desse só vai acontecer de novo em 2040.

— Então está combinado. Em 2040, a gente volta pra ver o novo alinhamento dos planetas. Aqui ou no telhado da igreja.

— Não esquece o vinho.

Recostados sobre o planeta Terra, éramos duas solidões alinhadas além dos astros. Meus dedos, que ela estranhou estarem frios, agora tentavam seguir os caminhos sugeridos pelas linhas inscritas na palma da sua mão ainda muito quente. Logo, os dedos de um serpenteavam entre os dedos do outro, em movimentos longos e lentos, que caracterizavam de forma muito agradável a ideia de atrito como algo predominantemente macio ao tato, proporcionando uma sensação suave e intensa de prazer. Por um momento, nossas mãos eram a atualização metonímica de nossos corpos quânticos, a se entrelaçar em algum desdobramento paralelo do espaço-tempo.

Quando uma nuvem corpulenta cobriu o céu e as estrelas, voltamos ao quarto 22. Ela parecia exausta e feliz. Deitamos na cama e ficamos rindo de tudo e de nada, até que Charlotte cochilou, despertando num solavanco quinze minutos depois.

— Nossa. Achei que tinha pegado pesado no sono e que já era amanhã!

— Onde você vai agora?

— Embora.

— Embora? Vamos dormir aqui.

— Não posso. Meu namorado vai dormir na minha casa hoje.

Segurei sua mão e selei um beijo lento na fronteira dos dedos. Resvalou a superfície dos meus lábios num beijo tão breve quanto um piscar de olhos. E, num piscar de olhos, ela já não estava lá.

Depois que encostou a porta do quarto, segui em pensamento os passos escada abaixo, som que ia sumindo na medida em que ela deixava para trás o segundo pavimento do hotel em direção à recepção, e de lá em direção à rua. Ao observá-la, da janela, caminhando adiante pela calçada oposta ao Afro Tribal, pensei que ela queria naquela noite simplesmente flanar a esmo até encontrar o rastro da própria essência. Possivelmente era essa a mensagem dos meus sonhos escoados na senda da desmemória. Ela estruturava sua vida desperta no viés do pensamento simbólico, um intrincado código místico que orientava suas direções. Naquele dia, ela havia acordado talvez sem vontade de cumprir expediente na agência de empregos, onde escalava pessoas desconhecidas para atuar em papéis questionáveis. Ela própria havia despertado sem vontade de fazer figuração em cenas alheias à sua vida. Não queria sequer vestir a pele de Charlotte García.

Se as almas parecem sair dos corpos para vivenciar os mais fabulosos episódios através dos sonhos, nós dois saíamos concretamente do cotidiano para viver experiências não menos fabulosas. E, para tanto, o quarto 22 do Afro Tribal era nosso acumulador de orgone, onde, em mútua dedicação, explorávamos nuances sensoriais e sensitivas, manifestações desdobradas no duplo etéreo e onírico de uma amizade singular.

Juntei as cortinas e me voltei para o quarto vazio da presença daquela mulher. Sentei na cama e vasculhei a mochila até encontrar a caderneta de anotações. Sozinho, meu pensamento era um aquário de ideias voláteis. Cenas, sonhos, sensações e desejos flutuavam como espíritos livres, aguardando o momento oportuno de encarnar em palavras. E, palavra a palavra, frases foram evocadas entre os espaços ainda livres da caderneta, que a cada página se assemelhava mais e mais a um diário de loucuras, receptáculo das minhas projeções, e onde, longe de serem resolvidas, permaneciam indefinidamente em gráfica suspensão.

[O]

Somente semanas depois de sua chegada ao destino me fez saber que havia viajado para a Itália. Soube também que a passagem para Turim estava comprada havia muitos meses. No espanto do inesperado, tentei reconstruir a história recente para encontrar os nós despercebidos por mim, que evidenciariam o nexo do percurso narrativo até aquele momento. Em nenhuma ocasião havia feito menção a tal viagem. Roteiros, duração, propósitos. Nada. Até ressurgir em mensagens recebidas em horários anormais, enviadas de outro fuso e hemisfério. Ia ficar um tempo.

Concluí que Lucília era essencialmente uma pessoa que eu desconhecia. Uma estranha personagem em uma atuação que carecia de drama. Uma mulher cujo mistério da cor dos cabelos era apenas um chamariz para outros mistérios, subjacentes às múltiplas camadas de sua mente e responsáveis por erigir todo um eclético universo ao seu redor. Alguém que me alimentava os sonhos em deliciosa progressão a cada cena revelada, espalhando em meu cotidiano amplos e controversos sentidos. Era Lucília a figurante e protagonista de uma trama que escapava à minha apreensão e cuja inspiração as páginas escritas pareciam não conter.

Enquanto eu submergia na arte divinatória dos sonhos, buscando desvendar sua secreta localização, Turim restava incógnita, adormecida e distante. Era preciso que a cidade perdida me esperasse, com as relíquias e os mistérios que eram dela e eram meus. Dia após noite, os sonhos passaram a se dissipar na medida em que a realidade, fustigada pelos primeiros raios de sol, despertava mal-humorada de seu estado de latência. Cada alvorada incrementava as páginas de um sonhário escrito nos sobressaltos do despertar.

Passei a caminhar embalado por trilhas sonoras de filmes aos quais nunca havia assistido. Nos fones, Piero Umiliani, Ennio Morricone, Francis Lai, Michel Legrand e outros de seus pares se empenhavam em dar algum sentido àquele vórtice do tempo. São Paulo voltava a amanhecer uma cidade como outra qualquer, sem bolhas extraordinárias, sem passagens secretas para outras dimensões. Incompleta com a ausência de Lucília, a cidade passou a ser um espaço sem sentido, um museu fantasmagórico onde se perpetuavam continuamente imagens em movimento de outras noites transcorridas em suas ruas. Um lugar apenas de asfalto, concreto, veículos automotores e pessoas circulando automaticamente como insetos sociais. Novamente, emergiam aos meus olhos as contas a pagar, os pedidos dos clientes, o preço dos tecidos. Novamente, a rotina sem relevo de um cotidiano desprovido dos cabelos coloridos de Lucília, que havia mesmo partido sem aviso e caminhava seus passos a milhares de quilômetros de distância. Sem adeus, abraços, um gesto sequer que servisse de despedida. E por que razão deveria me antecipar seus passos? Ela, que não era minha namorada, não era minha amante, nem mesmo era uma amiga convencional. Talvez fosse tempo de fugir a tal teia de eventos. Talvez fosse tempo de uma namorada, de uma amante, de uma amiga nova. De uma antiga amiga.

Certa noite, recebi Flora em minha casa. Mal tocou na comida, estranhou quando tentei lembrar uns versos da Hilda Hilst e teve um ataque de riso quando coloquei "La javanaise" na vitrola, convidando-a para dançar. Ademais, praticou sexo como se percorresse um circuito crossfit. Com a cabeça recostada em sua barriga, aos poucos, eu ressurgia em mim mesmo. Como se me recuperasse de um desmaio, vislumbrava seu corpo quase como um delírio, como a alucinação de uma longa cordilheira do Piemonte deitada sob o escuro do céu. Com Flora, a projeção do desejo parecia ser um veículo com o qual era possível alcançar o destino das recompensas, por vezes ilusórias, mas sempre autênticas, que nossas glândulas reivindicam ao cerebelo. No tempo em que a deriva dos pensamentos tentava compilar a narrativa do ocorrido, Flora já tinha se vestido, ajeitado o cabelo no espelho, retocado o batom, e, enquanto pegava a bolsa, ainda disse que queria me ver antes de viajar. Parecia satisfeita e feliz, talvez mais satisfeita que feliz, ou ainda genuinamente feliz em se dar por satisfeita, enfim. Foi-se.

No quarto, permaneci deitado e restei a observar o que era possível observar do teto no semiescuro da noite que ainda começava. E foi nessa tela difusa que segui a projetar meus pensamentos como se datilografados palavra a palavra, preenchendo o retângulo formado pelas arestas na face superior do aposento. Para além da janela, a lua cheia era uma imensa pérola boiando seu nácar sobre o largo da Batata. A esmo em minhas lembranças, obviamente eu procurava por Lucília. Mas se para ir a seu encontro era preciso avançar no tempo, e não o contrário, por que eu insistia em regressar a essas camadas? Talvez porque, mergulhando no passado uma vez mais, era como se eu esbarrasse momentaneamente no amanhã, na expectativa de outra atualização cíclica dos aperiódicos encontros, em cuja clepsidra o tempo parecia verter, gota a gota, um sofisticado vinho. Desesperado no esperar, quis sobrevoar os eventos do espaço-tempo para vasculhar o reencontro em suas coordenadas futuras e desconhecidas.

Paradoxalmente, passei a nutrir uma estranha lógica compensatória que me serviu de conforto: cada dia a mais em que a espera se alongava era um dia a menos para estar novamente com Lucília. Nas reminiscências dos encontros, ela ainda atravessava o texto das minhas narrativas, e aquele vazio poderia servir, quem sabe, de matéria-prima de cartões-postais, motor de sonhos ou poemas, ainda era, enfim, o vislumbre da ficção no enfado da realidade.

[☾]

Lucília surgia então com um cabelo improvável e postiço, se arrumando na frente de um longo espelho, em uma espécie de camarim. Enquanto os olhos sombreados de verde e azul miravam sua própria imagem refletida, ela cobria os lábios cuidadosamente com um batom roxo, o mesmo que usaria para logo depois interrogar ao espelho "Charlotte García? Essa não sei quem é".

Eu não entendia o motivo do disfarce, mas gostava de recebê-la naquela persona, dissimulada em um duplo e prestes a se revelar para mim, em seu véu tênue que ao mesmo tempo pretendia ocultar e deixar transparecer. Enquanto acariciava os cabelos de pelúcia, eu perguntava sobre a cor, e ela então explicava de uma maneira muito simples e direta que tinha um cabelo diferente em cada dimensão. O avatar lhe caía bem. Parecia desvelar com fluidez um cotidiano alternante entre o mundo atual e outros mundos possíveis.

Naquela manhã, quando fui registrar o sonho em papel, procurei não racionalizar as imagens, simplesmente dar vazão às frases que me ocorriam. Percebi que, dessa maneira, eu estabelecia um canal mais próximo com a matéria sonhada, resvalando o espectro da Charlotte onírica sobre a Lucília real. As cenas iam sendo sintetizadas em frases que reproduziam de modo mais eficaz o impacto causado em cada passagem do sonho. O resultado me pareceu uma transliteração do código onírico a um código ficcional que intencionava abarcar o real.

[O]

A despeito da madrugada de pouco sono e de uma malha de pensamentos, o dia amanheceu alertando todos os relógios de que era preciso trabalhar. O banho e o café preto eram etapas da mesma estratégia diária de imersão matinal na rotina, após as quais já era possível minimamente me dispor às demandas da agenda. Os mil metros do trajeto entre minha casa e a camisaria foram percorridos com dedicada lentidão, como se eu quisesse dar tempo para que algo viesse a me alcançar pelo caminho; talvez uma lembrança, talvez uma inspiração. O percurso fez-se, no entanto, sem maiores reflexões acerca de reminiscências quaisquer, e apenas me deixei conduzir, solitário em mim mesmo, ainda que eu fosse um entre centenas naquela porção da cidade sempre apinhada de transeuntes. O expediente na camisaria era um contínuo indefinido, em que cada dia se constituía de uma paráfrase dos dias passados e ao mesmo tempo de um ensaio para os dias que ainda estavam por vir. Tecidos, moldes, medidas, encomendas e entregas. Tudo permanentemente embalado pelo mantra metalizado das máquinas de costura.

Naquele dia cuja manhã se alongava para além de suas possibilidades temporais, pouco antes do horário do almoço, apareceu diante de mim um sujeito alto e magro, por volta de seus cinquenta anos, com dreads rastafári que resistiam ao progresso da calvície e óculos que pareciam muito grandes para seu rosto fino. Seu semblante era seguramente familiar, muito embora eu tivesse a certeza de que jamais havia estado em sua presença.

— Bom dia. Recebi uma indicação de vocês. Gostaria de encomendar algumas camisas.

— Sim. Bom dia. Ótimo! A gente faz um cadastro e depois tira as suas medidas, pode ser?

— Claro.

— A fisionomia do senhor não me é estranha...

— É? Não moro por aqui.

— Engraçado... Desculpa a curiosidade, mas onde o senhor trabalha? Talvez seja de lá.

— Sou escritor.

Ao ouvir a palavra "escritor", não tive mais dúvidas. Viés do acaso ou injunção do destino, o fato era que a teia das coincidências indissociáveis estabelecia com aquele lance mais um de seus nós.

— Ah. Sim. O senhor é Demétrio Diulá, certo?

— Sim. Sou eu.

— É isso. Já vi seu rosto na internet.

— Na internet? Que interessante. O senhor leu algum dos meus livros?

— Li alguns poemas isolados.

— Ah.

— Conheço uma pessoa que gosta muito dos seus poemas. Ela ia adorar uma dedicatória sua. É possível?

— Sim. Mas... Onde escrevo, já que o senhor não tem nenhum livro meu?

Lucília jamais poderia imaginar que um dia eu iria presenteá-la com um manuscrito de Demétrio Diulá. Se necessário fosse, eu o convenceria a escrever a dedicatória até na nota de vinte reais que ocupava minha carteira, mas não o deixaria sair da camisaria sem me entregar o precioso suvenir. Vasculhei com os olhos a parte interna do balcão; havia apenas dois livros velhos. Um era a lista telefônica de São Paulo de 1998. O outro era o *Almanaque onírico 1979*, que eu consultava com frequência na tarefa de obter subsídios para tentar interpretar os sonhos com Lucília.

— Aqui está. Se o senhor puder. Por gentileza.

— O senhor fala a sério?

— Sim. Ela já pediu pra eu consultar esse almanaque uma vez pra tentar interpretar um poema seu. Pelo menos dois livros seus eu tenho certeza de que ela tem.

Lucília não tinha ideia de que eu fazia uso de um dicionário de sonhos. Por outro lado, durante os comentários que fez certa vez sobre "Túrbido turmérico", de fato ela havia demonstrado interesse pelas diversas camadas de significado existentes nos poemas de Diulá, de modo que a nova aplicação sugerida por mim para o almanaque não era de todo um absurdo.

— Quanta honra. Qual o nome de sua amiga?

— Lucília.

Diulá puxou uma caneta do bolso da camisa e, com a caligrafia ágil de alguém que mede o tempo escrevendo páginas, em poucos segundos a dedicatória já ocupava uma parte da folha de abertura do *Almanaque onírico 1979*.

Cara Lucília,

Poemas são sonhos.

E sonhos o que são? Talvez nunca venhamos a saber...

De seu sonhador de palavras,

D. Diulá.

— Seu sobrenome é de origem francesa?

— É um sobrenome inventado. Inspirado nos diula. Povo do Mali.

— Mali?

— Como os bambara.

Com esse episódio eu passei a ter no cadastro de clientes da camisaria as medidas de Demétrio Diulá, ou — melhor dizendo — de Demétrio Ferreira dos Santos, além de saber que a preferência do escritor eram as camisas de tons claros e com colarinho francês.

Ele ainda devia estar descendo as escadas do sobrado em direção à rua quando mandei a mensagem para Lucília.

← Alguma chance da gente se ver amanhã?

→ Amanhã não consigo. Pode ser quinta que vem?

← Pode. Tenho uma surpresa.

→ Pra que disse isso? Vou passar a semana inteira curiosa.

E mais uma semana arrastou-se muito lentamente, no jogo de sete erros que foram aqueles sete dias na expectativa de encontrar Lucília.

[☾]

Estava em um grande refeitório. Pessoas e mais pessoas perfaziam filas por entre as mesas para chegar até o balcão onde as refeições eram servidas. Seguindo na fila, aguardando a vez de ser servido, percebo surpreso que ela vem caminhando ao meu encontro. Ela, Lucília. Encontrá-la no refeitório foi uma surpresa e uma felicidade. Após a sua chegada, aguardar na fila, que até então era um exercício maçante, passou a ser uma oportunidade de convívio, em que eu ouvia o que Lucília tinha a me dizer, enquanto a observava e lia seu gestual, enfim, enquanto eu a admirava. Até que, em certo momento, sintonizamos o pensamento e a intenção de nos apartarmos momentaneamente de todas as pessoas que ocupavam naquele instante o refeitório. Então, decerto pela telepatia intrínseca à dimensão onírica, entendemos que o local mais reservado estava ali mesmo muito próximo de nós, e, em poucos movimentos, nos ocultamos embaixo de uma das mesas. Como numa tenda, estávamos em um ambiente protegido, uma cápsula apartada de todo o burburinho ao redor. No entanto, uma vez isolados, nossa conversa se transmutou em silêncio. E, já que não trafegavam as palavras, nossas bocas se dispuseram a outra proposta de intercomunicação, que consistia em uma degustação lenta de beijos sucedendo-se no tempo sem tempo dos sonhos, em um delicioso e mútuo resvalar de lábios, que investigavam e que se deixavam investigar. No que me chegava a conhecimento pelo sonho, beijar Lucília era como avaliar pelo paladar o sabor de um fruto silvestre. Sua saliva era um fino sumo adocicado que dialogava com a memória olfativa e afetiva que eu guardava de seu cheiro cítrico e herbal, algo ao mesmo tempo simples e complexo, para mim sempre misterioso e instigante. Tudo concorria para a constância indeterminada do emaranhado de prazeres em que estávamos os dois envolvidos, até que em dado momento percebi que algumas pessoas situadas ao fundo do refeitório conseguiam nos ver mesmo ali supostamente invisíveis embaixo da mesa. Apesar da distância, tive a certeza de identificar Flora. Com o susto dos beijos interrompidos, rompeu-se também o tênue filamento que permitia ao sonho operar sua fábula de desejo.

O despertar abrupto na madrugada fez meus pensamentos derivarem então por outras galerias mentais até acabarem por esbarrar em uma simples e clara constatação: era patente a distinção entre minha relação com Flora e minha relação com Lucília. Com Flora, a ligação passou a ser propriamente sexual, uma ponte carnal, por vezes instável, sobre o abismo escuro das pulsões, ao longo da qual as projeções do subconsciente se lançavam. Com Lucília, muito diferentemente, estabelecia-se uma ligação sensual, na medida em que as inspirações — ainda que corpóreas, pois se revelavam no nível dos sentidos — se expandiam e impregnavam psicodelicamente um imaginário de sonhos e de fantasias pronto para permear as porosidades da vida cotidiana. Com Lucília, o prazer era um fluxo contínuo. Como se, em sua presença, a energia astral que flui pelo cosmo se anunciasse provisoriamente na forma de um sopro de deleite que eu então absorvia e através do qual enlevava o entendimento de cada percepção cognitiva e sensorial. Nesses contextos, desejá-la era praticamente um ato reflexo.

Nossos encontros, decerto, traziam algum alento à sua vida, caso contrário não seriam reincidentes. Contudo, estávamos aquém do sexo e talvez, por isso mesmo, além dele. Entre nossos corpos, parecia haver uma comunicação metaerótica, em que a mensagem muito provavelmente não era um texto cartesiano e linear narrando ações das preliminares ao clímax; a mensagem de nossa comunicação sensorial era possivelmente um poema — intuitivo, simbólico, entrecortado e plurissemiótico como um sonho. Explorávamos, à nossa maneira, o gozo silencioso e sinestésico dos gestos diletantes.

[★]

A noite começava com uma garoa branda quando cheguei ao Afro Tribal. Ao girar a maçaneta do quarto 22, vi que Charlotte já estava lá. Sentada à cama, como de costume, lia um livro que, afortunadamente, antecipava e complementava a oferta que eu portava em minha mão.

— Olá, querida. Bambara?

— Sim. Aquele livro que fiquei de trazer.

— *Pantropia*?

— Esse mesmo.

— Tudo a ver com o que eu trouxe pra você.

— Um livro usado? *Almanaque onírico: dos sonhos triviais aos excêntricos.*

— É um livro de sonhos. Uma espécie de dicionário.

— Legal.

— Abre.

E então ela se deparou com a dedicatória. Seu semblante comunicava um esforço em entender como aquilo havia parado ali naquele livro velho que não possuía nenhuma relação com a obra de Edgar Bambara. Entretanto, o vocativo dava a pista certeira da minha participação naquele arranjo inusitado.

Cara Charlotte,

Poemas são sonhos.

E sonhos o que são? Talvez nunca venhamos a saber...

De seu sonhador de palavras,

E. Bambara.

— Nossa! Como conseguiu isso?

— Acredite se quiser, o Bambara apareceu na alfaiataria na semana passada.

— Sério?!? Como ele é?

— Esquisitão. Mas simpático.

— Onde ele mora?

— Perdizes.

— Mas... Por que esse livro?

— Era o que eu tinha na alfaiataria na hora. Era do meu pai. Agora é seu.

— Adorei!

Não tinha como Charlotte não se interessar por algo que explorasse as experiências dos sonhos. Com a chancela de Bambara então, era a conexão perfeita.

— Posso ler um poema que marquei aqui pra te mostrar?

— Claro.

Folheou rapidamente o livreto até encontrar a página. Percorreu o texto todo com os olhos, como se para se certificar de que nenhuma nova palavra havia brotado no papel desde a última leitura. Respirou com tranquilidade e leu um poema chamado “Modelo vivo”.

— Gostei. Adoro o jeito que você lê. Como se fosse uma mensagem recebida e não uma mensagem a ser enviada...

— Você e suas percepções. Estou encantada com esse poema tem vários dias.

— É bonito mesmo.

— Se eu posasse pra você, você me desenharia?

— ...

— Hein?

— Não sou capaz de desenhar um sol sorrindo.

— Não quero traços. Quero que me desenhe com palavras. Como no poema.

— De onde você tira essas ideias?

— Elas chegam sem avisar.

— Teve um dia que eu sonhei que você me mostrava pinturas que havia feito, e cada quadro representava uma paisagem de seus sonhos. E daí, a cada quadro que eu via, eu tinha uma inspiração súbita e escrevia um poema assim instantaneamente.

— Sério? Por que nunca me falou desse sonho?

Após uma porção de textos inspirados por Charlotte, confinados em minha caderneta e jamais revelados, agora ela me propunha justamente que escrevesse sobre ela e em sua presença. Deixar meus escritos íntimos à mostra, com as palavras quentes, ainda pulsando sua fervura, era uma exposição delicada, e ela parecia insensível a isso ao começar a tirar a blusa, denunciando sua intenção em se expor diante de mim por igual, em um pacto silencioso de compensações.

— Sou a paisagem mais próxima de mim mesma.

Logo sua nudez surgia por entre as vestes. Os movimentos não eram pensados para me seduzir; Charlotte oferecia sua paisagem corpórea para contemplação.

— Faltou tirar o pingente.

— Esse não tiro. Você não precisa de talismãs?

— Acho que, pra mim, você é o que mais se aproxima de um amuleto.

Sentado na poltrona que ficava a pouco mais de um metro da cama onde Charlotte permanecia sentada sobre as pernas, eu a observei durante alguns minutos, sem conseguir elaborar frase alguma. Refleti que as palavras do texto deveriam estar ainda nela e precisariam ser captadas ou absorvidas. Então me levantei e, em silêncio, fui em sua direção. Ao chegar bem perto de Charlotte, fechei os olhos, e o que dela chegava até mim eram o calor emanado do seu corpo e o perfume envernizado sobre a sua pele, que, juntos, comunicavam mais um sentimento que uma sensação. Abri os olhos, voltei para a poltrona e a fitei novamente, porém o olhar nesse momento já era outro. A imagem de Charlotte passou a gerar em mim sinapses incomuns e impulsos dos mais variados. Eu era capaz de escrever.

Ela pouco se movia e parecia de algum modo ditar mentalmente as palavras que acendiam em minha mente e que perfeitamente se plasmavam com as demais. Sem conseguir definir exatamente o que era, eu sentia a manifestação de algo além de um corpo nu, ao mesmo tempo que percebia tão somente naquele corpo nu a atualização de algo belo e singular. Seu cheiro permanecia impregnando meus sentidos. Eu compreendi, contudo, que algo no percurso de decifrar e transcrever a totalidade de seu código sempre me escaparia.

O cair da garoa na calçada lá fora ressoava dentro do quarto como um ruído rosa em seu espectro de frequência contínuo, vibrante e confortável. Além do espaço físico, o quarto 22 era um espaço virtual que preexistia na mente de cada um de nós dois. Não havia mais como pensar naqueles poucos metros quadrados senão como uma dimensão extra da realidade, onde conseguíamos efetivamente comunicar determinadas matérias sensíveis que não teriam lugar em outros territórios.

A sessão durou quarenta minutos, talvez um pouco mais. O pedido havia sido aceito, e o texto, concluído, era de Charlotte a partir daquele momento.

— Aqui está. O Bambara teria sido mais sintético e eficaz talvez.

Olhou com muita atenção. Em silêncio, leu e releu algumas vezes.

— Era isso. Gostei. E o título?

— O título é seu.

Parecíamos estar ambos realizados e cheios de inspiração. Afastei o cobreado dos cabelos com as mãos para beijar seu pescoço e inalar o perfume das essências que guardavam seu corpo e distinguiam sua individualidade. Dependendo do jeito que a tocava, ela retribuía à sua maneira: às vezes um sorriso breve, às vezes devolvia um carinho no meu braço ou nas minhas costas, às vezes entrelaçava os dedos finos aos meus, às vezes afastava meu corpo para recuperar a autonomia de seus limites, às vezes permitia que eu selasse em seus lábios um breve beijo sem paixão, como um aperto de mãos que, ao mesmo tempo que conecta, restringe o movimento.

— Não quero beijar você.

— Não?

— Não. Depois de um beijo, vem outro beijo, depois outro beijo...

— Você já disse isso uma vez.

— Então...

Nossas visitas ao Afro Tribal caracterizavam um inusitado experimento em construção. Uma ampliação dos cinco sentidos que aparentemente não reservava lugar para o amor nem para o sexo, como são cotidianamente compreendidos. Aquele espaço, na medida em que misturava o mundo físico com o mundo dos sonhos e da imaginação, era a nossa realidade aumentada. Sem intenções interditas, parecia não haver ápice a ser alcançado. A travessia então era um platô de satisfações. Era nossa imersão física em um plano virtual que ressignificava conteúdos imaginários e oníricos no tempo que durasse o isolamento do mundo real e a suspensão provisória do cotidiano. Apenas navegávamos.

Lá fora, aquilo que era uma chuva fina inesperadamente havia tomado vultos de tempestade, o que me fez levantar correndo da cama para puxar a vidraça da janela.

— Parece que estamos presos no Afro Tribal, Charlotte.

— No Afro Tribal estamos livres, querido.

[☾]

Em uma livraria, eu encontrava um exemplar de capa vermelha com faixas radiais alaranjadas. Era um livro de poucas páginas cujo título se lia *Sonhos triviais e excêntricos: as permeáveis lâminas*. Lucília aparecia nua do meu lado e dizia "Vamos levar o livro". Então, nós já estávamos no alto de uma montanha, na verdade o topo de um vulcão, e do quarto 22 restava mesmo lá a velha cama à beira da cratera. Da garganta vulcânica, subiam focos esparsos de fumaça que traziam um odor absolutamente idêntico ao de Lucília incensando o ar que respirávamos. Junto ao enorme fosso fumegante, eu abria o livro em uma página qualquer. A diagramação remetia ao *Almanaque onírico*, mas o conteúdo em si era incompreensível, e, apesar de perceber as letras exageradas da tipologia, os elementos sintáticos não resultavam para mim em informação legível ou inteligível. Ainda assim, Lucília parecia compreender perfeitamente o que estava escrito e, com uma grande tesoura, sem auxílio de espelho algum, cortava maços e chumaços de cabelo, que iam caindo lentamente em direção ao oco profundo, onde logo queimariam na calda do magma. Eu observava atento, convicto de que havia chegado o momento de testemunhar a real natureza de seus cabelos assim que o corte atingisse as camadas mais próximas à raiz. Acessaria, quem sabe, o significado ainda obscuro da nossa relação, como se tudo viesse a fazer parte da revelação que daria sentido a todo o percurso até ali e mesmo dali para o futuro. No entanto, na medida em que ela cortava os cabelos, as mechas curtas, ao revés da minha expectativa, assumiam cores novas e inconstantes, sem se fixarem num tom exato. Os cabelos também não se conformavam cortados e tornavam a crescer em velocidade, no simulacro de um caleidoscópio estonteante. Lucília mimetizava uma psicodélica medusa, de mechas multicolores no lugar da coroa de serpentes e, por isso mesmo, renascia tal fênix e ainda esfinge na beira do vulcão. Que já não era mais a beira de um vulcão e sim uma praia deserta diante da qual havia uma gruta, e era onde estávamos, ainda sobre a cama velha do quarto 22. Sobre a rocha macia do leito, Lucília emulava uma sereia serena, com sua cauda escamosa e os cabelos perfeitamente restituídos no volume e na cor vivaz de açafrão do Oriente. Foi quando senti a maresia. O cheiro intenso e estimulante que a maré entregava adentrava a gruta e tinha o mesmíssimo odor de seu corpo. Eu, ali navegante e náufrago, incorporava à respiração o ir e vir das ondas que via romper no extenso tapete de areia. Confuso, exaurido e extasiado, dormi no sonho para despertar na realidade.

[O]

A chuva, o frio, a calçada empoçada. Era tudo de que ela não gostava. Bares vazios onde talvez ninguém jamais tenha entrado. Tudo me remetia a Lucília. Tudo aquilo de que ela não gostava e que tantas vezes encontrou após atravessar a cidade para ter comigo uns poucos minutos. E era justamente pelos lugares vazios de Lucília que sua ausência me acompanhava.

Já se ia um tanto de semanas sem notícias. Apesar da vontade constante de voltar a estar com ela, eu não mais apressava os encontros. Passei a entender que eles se davam num tempo distinto e incoercível. Tempo dotado de plasticidade própria, a se desdobrar em ritmos complexos devido à sua maleabilidade, que não permitia a mim, contudo, moldar seus eventos ou prever seus ciclos. Éramos, Lucília e eu, cada qual à sua maneira, vigias e reféns desse tempo. Um tempo orientado por misteriosa ampulheta que, durante a espera, vertia seus grãos um a um em imensa lentidão, mas, tão logo invertido o dispositivo, na ocasião de um encontro, ordenava às partículas de areia urgente fuga, perfazendo um movimento assustadoramente veloz, esgotando num átimo nossos momentos. Vez entre vezes, lá permaneceria Lucília, afastada no tempo e na distância, enquanto eu cá aguardaria ressurgir a ponte sobre as águas.

Esperar por Lucília, entretanto, já era em si um estimulante simulacro do vir a estar com ela, uma vez que, em sua ausência, um sistema intrincado de ramificações de pensamentos associados à sua pessoa passava a ocupar minha mente, como um complexo hipertexto imaginativo que me conduzia a mil e uma possibilidades de fabulações. Era confluir repertórios de acontecimentos e devaneios. Era, sobretudo, induzir sonhos futuros, que estimulariam, na vida real, interações as mais peculiares, pois sonhar nossos encontros era — mais que oportuno — necessário para vaticinar aqueles ainda por vir.

Passei quinze dias sem procurá-la. Definitivamente, a essência daquela mulher me escapava, e eu já admitia minha incapacidade de compreender seu modus operandi, ao mesmo tempo em que me percebia cada vez mais cativo na sua teia de mistérios e vontades. Mais uma vez, evitar encontrá-la não trouxe nenhum resultado prático. Muito pelo contrário.

Lucília continuou a me visitar em sonhos, dos quais acordei muitas vezes atônito, e em função dos quais segui por longos períodos completamente aluado. E, por mais que eu desacreditasse a real eficácia do livrinho de interpretação de sonhos que guardava ao lado da cama, nesses dias era comum flagrar a mim mesmo varrendo as páginas do *Almanaque onírico* à procura de alguma explicação redentora. A despeito de nunca encontrar uma associação convincente, continuei a escrever, logo após o despertar, o máximo que conseguia lembrar dos sonhos. Ponderei que, lendo e relendo minhas próprias anotações, talvez eu mesmo pudesse alcançar alguma compreensão posterior. A princípio, montava o sonho como se fosse uma historinha, um roteiro cena a cena, com começo, meio e fim, apesar de sempre ter tido a impressão de que meus sonhos começavam já no meio de alguma situação e nunca tinham um desfecho claro. Para dois ou três sonhos, tentei reter suas paisagens esboçando desenhos, mas no suporte bidimensional somente fiz restringir formas e conteúdos. Parecia ser apenas no amplo das palavras que a representação daquilo que viam os olhos fechados alcançaria algum propósito.

Sentia um misto de conforto e mistério em ressonância vasculhar a mente e o corpo. A atmosfera de inspiração com que Lucília cobria meus sonhos era apenas um vestígio do magismo de sua presença real nos dias em que ela vinha aportar as entrelinhas da rotina. Transportar a experiência com Lucília ao universo dos sonhos era uma forma involuntária de estender e ampliar essa experiência. Ao passo que transpor a carga simbólica dos sonhos às frestas do cotidiano era uma forma voluntária de potencializar ainda mais a experiência e, com isso, impulsionar um ciclo que se retroalimentava do néctar depurado em minhas próprias fantasias. Musas aparecem inesperadamente. E, quando inesperadamente Lucília aparecia em meus sonhos, ela sempre conseguia deixá-los mais poéticos e enigmáticos. Não apenas os sonhos; também os dias que os sucediam.

Como naquele final de expediente em que eu percorria a pé um dos caminhos possíveis para chegar de volta ao sobrado, ouvindo as faixas de *The touch of Leonard Nimoy*, quando me deparei com a loja em certa altura da Lacerda Franco. O letreiro de neon aceso em pleno entardecer reluzia a expressão Mística Púrpura. Até então, nunca havia notado aquele estabelecimento em Pinheiros. Visto de fora o interior da construção parecia ser todo negro: paredes, chão, teto. Da rua, era possível entrever peças de vestuário, acessórios, objetos de decoração. Máscaras, caveirinhas, crucifixos, dragões, elefantes, pirâmides. Avaliei que ali se vendia toda sorte de artigos situados na fronteira entre o exótico, o gótico, o místico e o fashion. De modo quase abrupto, um item da vitrine destoou dos demais ao mesmo tempo em que atraiu para ele toda a minha atenção: uma espécie de manta, de um veludo italiano roxo, se estendia feito um tapete sobre o chão negro. A manta despertou em meu pensamento uma lembrança muito remota e vaga de algum lugar em que havia uma peça muito parecida com aquela. Junto com o resgate da imagem, o aroma daquele entorno também rescendia. Contudo, o cheiro vinha de dentro da loja, ao mesmo tempo em que fazia daquele momento um incrível déjà vu. Era como se não apenas o fato rememorado, mas também o momento presente já tivesse acontecido antes.

Acredito que desde o primeiríssimo instante em que lancei meu olhar através da vitrine seu vulto já estava lá junto à manta de veludo. Deitada sobre o tecido que assumia então o aspecto de um manto, absolutamente nua. Não seria exagero caracterizar todo o episódio como um surto delirante. A imagem ilusória de Lucília decalcada sobre os objetos reais causava em mim um efeito perturbador. Por que razão meu subconsciente havia selecionado e combinado tais elementos para os acomodá-los simbólica e estrategicamente ali no meio do meu caminho? Perguntas que não me dediquei a responder naquele instante zero em que se manifestava a estranha visagem. Como se fosse submetido a uma daquelas palavras-chave usadas para sugestões hipnóticas, instantaneamente fui tomado por completo por aquela transgressão da realidade objetiva.

Eu, que tinha o hábito de variar meu caminho a cada dia, naquela semana andei em círculos, passando por ali todos os finais de tarde, na órbita irregular daquele corpo astral. Se no primeiro dia a sugestão apenas se refletia em minha própria mente enquanto memória ou imaginação, no segundo dia a projeção começava a se revestir de propriedades plásticas surpreendentes. Era Lucília novamente a figurar na vitrine, a pele sobre o tecido, cabelos encarnados comprimidos contra o negro do chão. Na sequência dos eventos, o cenário do terceiro dia se conformava em uma complexidade de estímulos sensoriais que começava a colocar em xeque a minha precária percepção do real. O viço do seu corpo era de um magnetismo inconteste, enquanto seu olhar, vago, perpassava o vidro e parecia atravessar também o meu corpo, como um projétil que muitas vezes alcança o destino definitivo para além de seu alvo. Chegado o quarto dia, eu já não era muito mais que um náufrago atraído à ilha de uma sereia emudecida. Somente no quinto dia, antes que a manta passasse a pertencer a alguém mais decidido ou, pior, antes que aquele holograma fantasmático, ao mesmo tempo familiar e distante, passasse a integrar o inventário da loja, resolvi adquirir a peça.

Uma vez dentro, a loja me pareceu menor do que eu imaginava ao observá-la do exterior. Afora alguns objetos à venda, tudo de fato tinha cor negra, inclusive a gata que saiu de trás de uma caixa para roçar meu tornozelo. Apontei o item à vendedora, que, a julgar pelo seu estado de ânimo, parecia não estar predisposta a vender o que quer que fosse. O preço não era propriamente uma pechincha, e nenhum desconto me foi concedido. Não insisti.

Assim que cheguei em casa, tratei de livrar um canto do quarto de alguns objetos há tempos abandonados à própria sorte e estendi o veludo sobre o chão, entre a cama e a janela, de modo a manter a cena em meu campo de visão mesmo quando estivesse deitado. No entanto, por mais que eu atravessasse as madrugadas em vigília, com o olhar fixo na direção daquela porção de pano, a imagem de Lucília já não me aparecia mais, e da minha sentinela eu apenas avistava o tom violáceo do tecido, que passou a acumular poeira. Como se não bastasse esse dissabor, certa noite constatei que, além de não aparecer diante dos meus olhos, aquém deles Lucília também começava a me escapar, pois era com crescente dificuldade que eu conseguia recuperar sua fisionomia em minha mente. Não que houvesse muito tempo sem vê-la. Três semanas? Cinco? Como num lapso de memória, em que parece ser impossível recordar nomes muito familiares, eu passei a perder momentaneamente seus traços. Nem em sonho ela ressurgia para que eu resgatasse seu semblante. Curiosamente, a lembrança dos cabelos tingidos permanecia nítida. Em madrugadas insones e ansiosas, exaurido pelo esforço de refrear a ameaça de sua desaparição, zapeava os canais às avessas, alternando as emissoras quando entrava a programação, no intento de identificá-la como figurante nas cenas de fundo dos comerciais de TV. Recorri algumas vezes à internet, e nas redes sociais encontrei seu rosto estampando eventos passados: rodízios de pizza, shows de rock, monumentos, quermesses, praias, casamentos; nenhuma atualização recente. Eram contextos que de maneira explícita a desdobravam em duas entidades. Não eram aquelas situações cotidianas que me moviam em sua busca. Era como se a imagem da vitrine a revelasse para mim como figurante de seu próprio duplo.

Considerei simplesmente jogar fora a manta e recuperar as rédeas da sanidade. Contudo, os finais de tarde diante da vitrine foram suficientes para instilar em mim o enigma daquela cena. Meus pensamentos teimavam em seguir às cegas por uma rede de hipóteses absurdas e explicações mágicas. Talvez a manta fosse o elemento de conexão entre as suas duas naturezas distintas e indissociáveis; se eu encaminhasse a peça até Lucília, o nexo entre as duas dimensões poderia se estabelecer, abrindo uma senda em sua direção a meu favor.

Pensei em mandar uma mensagem ou mesmo ligar e propor um encontro, mas bastou imaginá-la abrindo o pacote com a manta em um restaurante ou em uma estação de metrô para que eu me determinasse a evitar o embaraço da situação. Optei pelos Correios. Enviei o pacote sem carta, sem cartão. Depois, com calma, após essa primeira reaproximação, eu teria todo o tempo necessário para relatar minha experiência surreal na vitrine da loja, os desdobramentos simbólicos de sua imagem projetada, a sincronicidade patente, o impacto daquilo tudo sobre mim.

Após alguns dias, recebi uma breve mensagem no celular.

→ Que linda! Obrigada. ;)

Não questionou a motivação do presente, tampouco quis saber o que eu estava fazendo da vida.

[◉]

Sorteando aleatoriamente trechos do livro e anotações da caderneta, entre pensamentos voltados ora ao passado, ora ao futuro, eu seguia autômato sob a terra, e, mesmo sem me ater ao presente, já havia alcançado, de todo modo, a linha Vermelha do metrô. As estações seguintes, sobre a terra, passariam a intermediar o movimento insólito que me lançaria, num intervalo de poucas horas, do subsolo à troposfera.

Cheguei muito rápido à estação Tatuapé, onde deveria descer e enfrentar ainda mais um ônibus que me deixaria de uma vez por todas no aeroporto de Cumbica, em Guarulhos. Cruzei a catraca embalado pelo andamento sincopado de "Salto no escuro", do Jorge Mautner. Ao caminhar apressado sobre a passarela que faz a ligação do metrô com o terminal de ônibus anexado à estação, me lembrei de que, durante alguns anos, aquela foi a última estação da linha Vermelha, então chamada Leste-Oeste.

Em alguns finais de semana, eu me desloquei até ali com Flora, que tinha como programa passar a tarde na calçada frontal de uma danceteria que havia próximo à praça Silvio Romero chamada Contramão. O curioso é que, ao menos nos dias em que estive lá, ela não entrava na danceteria; seu entretenimento consistia em ficar do lado de fora, circulando entre as pessoas, encontrando amigos e conhecidos, filando cigarro e cerveja de alguém mais abastado. E, sabe-se lá por que razão, me carregando a tiracolo. Eu, ainda que me considerasse verdadeiramente um amigo dela como qualquer outro de seu círculo, me sentia como uma espécie de mascote, talvez alguma espécie de aprendiz, muito embora seus ensinamentos fossem todos indiretos. Para mim, três anos mais novo que ela, aquilo era um passaporte para outro universo, e essa transposição de realidades me agradava. Eu passava horas quieto, observando como aquelas jovens crianças adultas se comportavam; quais eram os protocolos; quais eram os assuntos; como as garotas mais interessantes interagiam com os carinhas.

No final das contas, tudo era muito besta, mas, à época, eu ainda não tinha repertório suficiente para alcançar tal percepção. Hoje, além de repertório, tenho a imaginação fértil e um elenco de fatos para cruzar na mente; por isso, retorna à lembrança o dia em que fui ao encontro de Flora, décadas depois de ela ter ido morar com a família em Ilha Solteira. Para comemorar seu aniversário de 45 anos, ela havia resgatado amigos de várias fases da vida em um happy hour. Não por acaso, o bar escolhido ficava na mesma rua Coelho Lisboa, já sem a Contramão, mas com a calçada das matinês preservada. Justamente nessa noite estaria lá uma ex-colega de trabalho de Flora chamada Lucília.

Ao longo dos meses que se seguiram ao aniversário, retomei com certa regularidade o que seria a amizade com Flora, mas desdobrada a outro plano. Cada encontro era um misto de espanto e decepção por vê-la ressurgir da cortina do tempo convertida em uma executiva de papo fútil e estilo previsível — que nem de longe remetia à personalidade intrigante que eu havia cristalizado da amiga de adolescência. Ela realmente parecia não ser a garota inspiradora do final dos anos 80; era como se ressurgisse em outra representação e me desse, assim, a oportunidade de estar com uma dublê da Flora original.

A lembrança de Flora também não era ao acaso, já que me conduzia o pensamento a Lucília, talvez a principal razão de eu estar me deslocando em multimeios de transporte para tentar chegar ao aeroporto. Ao aceitar o convite de Flora para passar duas semanas das minhas férias em sua casa em Glasgow, me lançava à sorte de um reencontro com Lucília em Turim, cidade em que forjei uma conexão assim que pude confirmar que seria bem recebido. De todo modo, pensar no hiato que me separou de Flora só viria a ser relevante uma dúzia de anos depois, já que Lucília surgiu em minha narrativa por meio dela, assim como por meio dela eu ressurgiria na oportuna incursão pelo velho continente.

No sábado muito remoto em que estive com Flora na feirinha da República, Lucília provavelmente passava seu tempo entre o berço, o andador e o carrinho de passeio, e em sua cabecinha de bebê ainda se formavam os cachinhos que no futuro iriam assumir misteriosos matizes destinados a intrigar o meu pensamento. Naquele final de tarde distante, São Paulo ainda era uma cidade com mais pardais que pombos, e todos pronto se retirariam para seus ninhos em concreto ou árvore, pois aquela noite chegou quase como um sobressalto, com a visita de vaga-lumes intermitentes e de uma mariposa enorme que pousou no meu cabelo, despertando um grito de horror em Flora, logo convertido em gargalhadas inesgotáveis.

Na volta para Pinheiros, a chuva assaltou a todos, e Flora saltou do ônibus para seguir andando sem pressa, sem procurar abrigo. Esfregando a mão no vidro da janela, eu tentava remover o embaçado para vê-la uma última vez. Ela ria, caminhando sob a chuva, certamente lembrando da mariposa na minha cabeça. E eu continuava esfregando o vidro da janela, mas já não via Flora, via as estruturas de concreto do aeroporto que se aproximava.

Em Cumbica, os procedimentos do embarque internacional duraram cerca de duas horas, mas a mecanicidade do processo deu a impressão de que tudo foi muito ágil e eficaz. Lembro do meu olhar diante do vidro, para além da pista, como se estivesse prestes a uma viagem às cegas no rumo de um alvo camuflado. De longe o horizonte me observava como um mapa flexível, sobrepondo o espaço ao tempo. Nos fones, Lula Côrtes; "Nordeste oriental" era um conforto e um impulso.

Acomodado por fim na poltrona 57N, me dei conta, aliviado, de que era impossível perder aquele voo. Ainda durante a explicação do protocolo, desabei em sono, ciente de que, em caso de despressurização, máscaras de oxigênio cairiam automaticamente.

[☾]

Eu batia à porta de Lucília, mas quem abria era Flora, restituída à sua graça adolescente. Era o mesmo cabelo curto e repicado, porém o negro-petróleo dos fios havia dado lugar ao vermelho-lava das mechas de Lucília. O sonho se resumiu a isso. Ou essa cena era tudo o que eu conseguia lembrar de um sonho muito extenso e complexo, como um trailer compacto do longa-metragem sonhado, já que acordei transcorrido um tanto de horas com a aeronave taxiando na conexão em Madri.

[●]

Chovia quando o avião aterrou no aeroporto de Turim. Retirei a mala na esteira como quem recebe os suprimentos necessários a uma missão. Fazendo a rota inversa, da troposfera ao subsolo, me lancei em um trem na estação Caselle, que mais à frente, após Madonna di Campagna, iria penetrar o subterrâneo rumo à estação Dora, na região norte da cidade.

Caminhando pelos arredores da estação, olhava as esquinas tentando identificar a rota memorizada pelas imagens tantas vezes percorridas no street view. Os fones tocavam a versão de Renato Russo para "Due", do disco *Equilibrio Distante*, referência mais óbvia que eu tinha da música italiana desde os anos 90. Atravessando arcadas e pequenas piazzas, em menos de meia hora chegaria ao endereço de Lucília, porém ela havia pedido que eu chegasse após as dez da noite. Escolhi um bar não muito cheio nem muito vazio para acompanhar a queda do punhado de grãos restantes na ampulheta daquela separação. Sob o toldo do estabelecimento, me abriguei da chuva em uma mesa junto à parede, de onde observava o transitar dos carros, scooters e pedestres. Pedi um café e busquei na mochila livro e caneta.

Eu vasculhava na mente as narrativas e aguardava palavras que pudessem solucionar a dedicatória latente.

A cada relâmpago, sua imagem se revelava um holograma instantâneo diante do pensamento, e os trovões estrondavam o gatilho que alavancava cada pequeno bloco de código escrito. As lembranças se sucediam em ondas, sempre a cargo de ressignificar os registros. No tempo de um raio, eu visitava novamente o friso dos cabelos, o mistério do sorriso, o viço da pele escura. E já não era a vez das frases provisórias, dos riscos, das rasuras, da busca de nuances, da latência das palavras; o depurar obsessivo e transformador.

O semblante do garçom dava a entender que não fazia sentido o estabelecimento permanecer aberto para testemunhar eu fazer anotações num livro em língua estranha, diante de um único pedido de café que não se renovava. Era o momento de sair e realizar o que já estava determinado: bater à porta de Lucília.

Ainda chovia. Apesar de ser minha primeira vez naquela cidade sem cores, talvez meu histórico de perambulações por outras cidades sem cores e sob chuva até mais intensa transmitia aos meus passos toda a segurança necessária, de modo que eu estava certo de que em poucos minutos estaria mesmo com ela.

A noite era quase madrugada quando dobrei a última esquina do mapa memorizado. Não havia campainha no número 38. Ela avisou que não haveria, mas não revelou que o endereço abrigava um empório. Não achei, contudo, que pudesse estar no lugar errado. Sob a platibanda, tirei o casaco molhado e dei três batidas secas na porta lateral de madeira. Passos no corredor, reviravoltas na fechadura, e era ela. O olhar vago, o abraço breve.

— Edgard!

— Lucília.

O corredor seguia paralelamente ao empório e, ao fundo, ligava-se a uma pequena cozinha e a um banheiro, terminando em uma porta trancada a cadeado, que presumi ser um depósito. Ao lado dessa porta, uma escada de madeira se lançava diagonalmente sobre o banheiro e conduzia a uma espécie de sótão. Lá em cima, uma cama de solteiro, um armário, um espelho, uma pequena mesa, duas banquetas e, sobre uma poltrona, a manta roxa de veludo, sobre a qual deixei a mochila.

As poucas frases que iam surgindo eram intercaladas por longas e silenciosas lacunas, comuns às conversas de quem se vê com frequência. Perguntou se eu tinha fome e, antes da resposta, disse que tinha saudades dos pratos que eu costumava fazer. Entendi então que ela, sim, deveria estar com fome.

Pela cozinha era possível acessar a penumbra do empório, de onde, com naturalidade, ela selecionou os insumos necessários ao jantar. Só percebi que não estávamos furtando nada quando num caderninho repleto de letras, números e riscos associou sua assinatura a seis batatas, duas bandejas de cogumelos e uma garrafa de vinho tinto. Lucília trabalhava no empório durante o dia em troca de moradia, alimento e algum dinheiro. À noite fazia um curso de culinária. Pretendia ficar o máximo possível dos noventa dias permitidos pela legislação. Esse foi o relato.

Enquanto acomodávamos os itens sobre a pia da cozinha, ela falava com entusiasmo acerca de um prato à base de batatas e cogumelos que havia aprendido a fazer e que eu iria adorar. Ao observá-la preparar o jantar, eu sorria ao ver que a combinação de batatas com cogumelos parecia ser tradição secular em sua família.

Seguia chovendo. Durante o jantar, falamos sobre as influências dos astros, sobre as influências dos nossos antepassados e sobre as influências do sistema bancário nas nossas vidas até os pratos ficarem vazios e eu alegar que os dois copos de vinho já tinham sido suficientes para inebriar os sentidos.

— Escrevi um livro. Vou pegar seu exemplar na mochila.

— O quê? Alfaiate escritor agora?

— Camiseiro. Paguei pela impressão de cem exemplares.

— Capricho ou vaidade?

— Bastava um único exemplar.

— *As permeáveis lâminas*. É sobre o quê?

— Sobre duas pessoas que frequentam um hotel decadente no centro de São Paulo.

— Ficção.

— É. Ficção.

Lucília,

Sonhos são.

E sempre soubemos.

Edgard.

— A dedicatória parece plágio.

— Intencional.

— Quase uma revelação.

— Como assim?

— Lembrei de um sonho que tive uma vez.

— Que sonho?

— Eu tirava a roupa na frente do espelho e via várias inscrições pelo corpo. Mas eram incompreensíveis. Tipo um alfabeto dessas civilizações perdidas ou de alienígenas, sei lá. Então, eu ia tomar banho, e, conforme a água caía em mim, os sinais se desprendiam da pele e iam subindo pelo ar, flutuando. Nisso, os símbolos viravam letras normais. Eu olhava pras palavras boiando ao redor e, aí sim, conseguia identificar as sílabas. E, conforme eu ia passando de uma pra outra, e depois pra outra, eu percebia que formavam um sentido. Era como uma mensagem revelada.

— E qual era a revelação?

— Não sei mais. No sonho, nessa hora, eu conseguia ligar o texto, e tudo fazia sentido. Eu lembro que ficava surpresa, mas depois que acordei, em questão de segundos não lembrava mais nada.

— Putz. Você sabe que essa lembrança está guardada em algum lugar da sua mente, né? Você só não consegue acessar.

— Será?

— Certeza.

— Algumas coisas que leio de poesia também causam um efeito parecido. Algo encoberto até eu ler, sabe? Por isso sou capaz de ficar horas lendo os poemas do Diulá. Fico viajando. Revolvendo as camadas.

— Sei. Sinto isso às vezes. O texto vira uma espécie de oráculo. Em vez de tirar as cartas ou jogar os búzios, você esbarra em palavras que parecem captar algo de você, antes mesmo de você capturar o texto.

— É. Aqui nesse livro mesmo do Diulá. "Palimpsestos". Eu piro nesse poema.

[ ]

Com a mão ainda sobre o livro, moveu o par de íris na minha direção. O olhar, no entanto, parecia se lançar através e para além de mim, como se alcançasse minha imagem num ponto focal situado alguns metros atrás de onde eu realmente estava.

— Você seria capaz de escrever esses versos em mim?

— ...

— Sobre a pele.

Antes que eu pudesse avaliar se havia outra resposta possível além de "sim, sou capaz", tirou de uma bolsa um estojinho de onde saiu um lápis de olhos e o colocou na minha mão. Enquanto se despia, repassei os versos com os olhos, como quem dá uma última verificada na partitura antes do primeiro acorde. Num estalo, estabeleci uma ponte ligando o poema do livro ao sonho que ela havia narrado e arrisquei extrapolar que, ao abandonar suas roupas pelo chão, ela ansiava ser coberta por um véu imaginário cuja trama do tecido ilusório não seria outra coisa senão fragmentos daquele texto para o qual eu deveria dispor da justa medida das palavras, substituindo simbólica e concretamente a matéria têxtil pela matéria textual.

Sentou na beirada da cama e não deu maiores orientações. Lá fora, o começo da madrugada se resguardava das demandas cotidianas, enquanto, por detrás das cortinas do cômodo, o extraordinário começava a evidenciar seus propósitos singulares, dos quais ninguém além de nós teria notícia.

Tomei uns dois goles de vinho e, quando senti que era o momento, me aproximei. Na parte de trás do seu ombro esquerdo, escrevi *rocha da sereia*. Os cabelos cor de cobre, soltos sobre as costas nuas, me distraíam. Em um primeiro momento acho que senti ciúme ou, pior, inveja do autor original por despertar tamanha admiração, a ponto de ela o considerar o poeta de seus sonhos. O traço saiu irregular, tímido, as letras regredindo a uma forma infantil. Nunca havia escrito palavras sobre a pele de alguém.

Não demorou para eu perceber que bastava aplicar uma pressão sutil ao lápis, ajustando o cunho à resiliência da pele, para delinear cada letra com atenção e suavidade, aventurando ainda alguma delícia. Assim, em uma diagonal que, passando por suas costelas, subia do quadril até a escápula direita, escrevi *a noite e suas horas negras*.

Na medida em que riscava o terceiro fragmento, intuí que eu podia tentar ser um intérprete mais convincente, imprimindo minha própria entoação, meu próprio ritmo àquelas palavras. No busto, logo acima dos seios, como um colar suspenso por fios invisíveis, escrevi *pó sutil das estrelas*. Ditando os versos a mim mesmo, passei a soprar as palavras junto ao seu ouvido muito vagarosamente, como se sorteasse cada trecho de dentro de uma caixa escura. Pretendia com isso suscitar alguma surpresa ao ler para ela, a par e passo, as frases que passavam a se revelar sobre a pele. Nas costas, aproveitando a espinha dorsal como pauta, risquei, do cóccix até a sétima vértebra cervical, *beber enfim da água fresca*. Àquela altura, já estava claro para mim que, a partir do momento em que eu selecionava os excertos do texto, passava a ser minha, e não do escritor, a primazia em atualizar o sonho, cobrindo seu corpo de poesia.

Durante todo o tempo em que desenhei palavras em sua pele, permaneceu em silêncio. Por onde vagaram seus pensamentos? Vez ou outra, eu observava no rosto os olhos entreabertos ao sentir o caminhar das letras sobre o corpo, encadeando versos fracionados, como palavras mágicas em um ritual de invocação. Entrecortados, apartados de suas estrofes, os trechos foram se transformando em ícones, evocando sentidos suspensos, num inusitado móbile corpóreo, um caça-palavras que se alastrava pelas panturrilhas, coxas e costas, pela barriga, pelos braços e peitos.

Consumada a caligrafia, foi preciso deixá-la por alguns instantes diante do espelho, para que observasse o reverso dos versos inscritos pelo corpo. Na visão refletida de trás para diante, os fragmentos se mostravam quase tão ilegíveis quanto os estranhos símbolos com os quais ela havia sonhado. Sem emitir comentário sobre o emaranhado de letras pelo corpo, seguiu até o banheiro e ligou o chuveiro. Acompanhei seus passos e permaneci encostado à porta. Dali observava. De olhos fechados, ela afagava as palavras com as mãos, esfregando sílaba por sílaba contra o corpo molhado. Continuamente. Repetidas vezes. Pouco a pouco, as frases começaram a se misturar à espuma, tomando forma de borrões, se confundindo e, ao contrário do que acontecia no sonho, perdendo de vez os sentidos. Pouco a pouco, iam escorrendo pelos braços, pelo dorso, pelas pernas, desaparecendo em meio ao ruído hipnótico da água do chuveiro atingindo o piso.

Eu já estava voltando para o quarto, quando escutei, diluída no barulho do chuveiro, sua voz ecoando no corredor.

— Palavras confundem medidas.

— Oi?

— Lembrei! A mensagem no sonho. A frase que se formava era "Palavras confundem medidas".

Logo retornou ao quarto, e brindamos ao encontro com um breve selar de lábios, espécie de beijo às avessas, como o contorno de um desenho capaz de se perfazer em algo apenas pela sugestão de sê-lo.

— Desde que idade você tinge?

— Tinge o quê?

— Os cabelos. Sempre pintou?

— Nunca tingi.

O chão do quarto oferecia espaço maior para os corpos rolarem em carícias mútuas e múltiplas, a justa medida para tentarmos sabotar a ampulheta imparcial, seduzindo o tempo para se deitar conosco e também poder nos amar e, com isso, se distrair da obsessiva tarefa de recolher continuamente o fio das horas. A madrugada rendeu a noite, o sono rendeu a todos, e talvez em sonho tudo tenha seguido, talvez tudo sonho tenha sido, ou tenha sido em partes talvez, já que despertamos e voltamos a rolar e a nos beijar, e voltamos a adormecer e a sonhar que rolávamos e nos beijávamos, na realidade e no sonho entrelaçamos nossos dedos e tocamos nossos corpos para distinguir do sonho a realidade e para confundir realidade e sonho, alternada e intermitentemente, até romper a manhã e o novo dia progredir sua marcha, para restituir pouco a pouco a vida ao cotidiano.

[●]

Deixei a casa, em direção à estação mais próxima, atravessando os raios de sol e desviando das poças pelas ruas periféricas de Turim. Os fones estavam nos ouvidos, mas música alguma tinha sido disparada. Mesmo a valsa imaginária havia se depurado em um silêncio estático, uma fermata indefinida sobre a pausa da manhã. Antes mesmo da minha chegada, Glasgow já se anunciava um destino ultrapassado.

Enquanto caminhava, carregava comigo o desejo renovado e urgente de seguir escrevendo algo que envolvesse Lucília de alguma forma. Sob o risco de me perder, prolonguei o caminho, passando por quarteirões desnecessários, mas só me vinham à mente expressões soltas, não me vinha o itinerário de outras narrativas. As frases pareciam flutuar sem nitidez ao redor da cabeça. No decorrer de alguns tantos minutos em digressão, descobri em Turim uma cidade de muitas vitrines, e nas diversas avistadas meu olhar ecoava a vitrine da Lacerda Franco e o enigma incidental que ela evocava.

Porta Nuova não fazia parte do percurso originalmente previsto, mas, ao me deparar com a magnificência da estação, arrisquei que dali seria possível me reconduzir ao aeroporto, ainda que me valendo de baldeações reparadoras. Tão logo entrei no vagão do metrô, saquei a caderneta para anotar o que havia conseguido reter dos pensamentos esparsos, na tentativa de apreender as impressões inoculadas na madrugada de sonho e vigília.

Ainda que a inverossimilhança pareça fazer parte da natureza dos sonhos, mesmo o fantástico e o surreal têm suas estruturas de composição, as quais eu tinha plena consciência de não dominar.

Em uma lâmina de papel fora da sequência, retomei a trama desconexa, disfarçando as palavras em garranchos, como se as escondesse, para que ela, em algum tempo, pudesse vir a decifrar aquelas linhas.

CARLOS EDUARDO DE OLIVEIRA

vive em São Paulo, onde nasceu em 1970. É mestre em Semiótica e Linguística Geral pela Universidade de São Paulo e especialista em Tecnologias na Aprendizagem pelo Centro Universitário Senac. Formado em Letras pela USP, atua como editor de material didático para a Educação Básica. Com a banda Esquema Apê, lançou o CD *O círculo de quases* em 2010. *As lâminas permeáveis* é seu livro de estreia.

FOTO DO AUTOR: ALÍCIA CARNAÚBA

este livro foi editado

no inverno

de 2022